따스한 봄날처럼 활짝 피

나의 봄날인 너에게

인생의 꽃샘추위에 지지 않는 햇살 같은 위로

여수언니
정혜영
에세이

나의 봄날인 너에게

놀

목차

PART 1

행복의 씨앗을 심는 마음으로

_무조건 사랑해

PART 2
언제나 파룻파룻 돋아나는 자존감

_오늘도 나를 응원해

PART 3

건강한 관계를 피워내며

_완벽보다 충분한 우리 사이

PART 4

흔들릴지언정 열매를 맺으며
_먼저 시도하는 사람이 될 것

나는 봄이 제일 좋다. 천진한 어린 시절에는 모든 계절이 좋았다. 물놀이를 하고 팥빙수를 실컷 먹던 무더운 여름도 좋고, 눈썰매를 타고 붕어빵과 호떡을 먹을 수 있는 추운 겨울도 좋았다. 하지만 언제부턴가 평온하고 따뜻한 날만을 기다리게 되었다. 너무 덥거나 추운 날은 만나지 않기를 바랐다.

나는 항상 엄마의 말을 잘 듣는 자랑스러운 장녀가

되고 싶었고, 누구에게나 착하고 친절한 사람으로 남고 싶었다. 힘든 일이 있어도 혼자 짊어져야 한다는 생각에 겉으로 내색하지 않고 견뎠다. 당장 눈앞에 닥친 일들을 어떻게든 혼자서 처리하느라 쪽잠을 자며 버티면서도 내 가족과 주변 사람을 먼저 돌봤다.

그러면서 정작 나 자신에게는 소홀하게 대했다. 항상 내 감정을 살피는 것보다 다른 사람의 인정을 받는 일이 먼저였다. 그렇게 지내온 시간은 마치 끝없는 겨울을 지나는 듯 춥고 어두웠다.

영원히 끝나지 않을 것처럼 혹독한 계절을 보내던 어느 날, 나에게 새 생명이 찾아왔다. 아이를 낳고 키우면서 그제야 봄을 맞이하는 법을 배웠다. 아이가 특별히 어떤 행동을 하거나 사랑받기 위해 노력하지 않아도 나는 아이를 사랑한다. 아이는 그 존재 자체로 추위를 잠재우는 따스한 봄날이기 때문이다. 나 역시 우리 엄마에게는 봄날 같은 존재라는 생각이 들었다. 다른 사람에게 좋은 사람이 되려고 애쓰지 않아도 나는 소중한 사람이다.

그렇기에 다른 누구도 아닌 나에게 너그러워야 한다. 내가 무엇을 좋아하는지 가장 잘 알아주고, 나를 잘 돌봐야 한다. 지금의 나는 나를 아끼고 끔찍하게 대접한다. 내가 나를 가장 잘 돌볼 수 있는 양육자라는 사실을 잊지 않으려고 한다.

일도 사람도 무엇 하나 마음처럼 되지 않아 무너지던 날들, 더 잘해야 한다며 스스로를 다그치고 애쓰던 날들…. 이 시간들을 버텨온 나를 꼭 안아주려 한다. 겨울의 한복판에서 온몸으로 추위를 맞으며 울고 있는 나의 손을 잡아주고 싶었다. 그래서 글을 쓰기 시작했다. 이 책에는 지난날 누군가에게 가장 듣고 싶었던 말들을 담았다.

춥고 시리기만 한 계절은 없고 영원한 어둠도 없다. 얼음을 깨고, 차가운 바람을 뚫고, 봄은 소리 없이 온다.

삶을 비추는 햇살은 따사롭고 바람은 부드럽기를. 누구보다 활짝 피어날 당신의 봄날이 시작되고 있다.

   "활짝 피어날 너를 응원해!"

                                    _2023년 4월 정혜영

PART 1

행복의 씨앗을
심는 마음으로

무조건 사랑해

내 계절은 언제나 봄날

인스타그램 다이렉트 메시지, 유튜브 댓글, 새로 받은 메일…. 어떤 알림이든 나에게는 연애편지처럼 설렌다. 얼굴도 모르는 구독자로부터 받는 연락이지만 하나하나 읽어 내려가다 보면 오랫동안 알고 지낸 친구 같아서 좋다. 바빠서 답장할 수 없거나 확인이 늦을 때도 그들은 나에게 하고 싶은 이야기를 주절주절 써놓곤 한다. 짧은 안부를 자주 묻는 친구도 있고, 오랫동안 고민하던 문제를 털어놓는 친구도 있다.

어느 날, 한 구독자로부터 장문의 메시지를 받았다.

언니, 제가 왜 이런 말을 쓰고 있는지 모르겠는데,

제 말 좀 들어주세요.

어디 가서 너무 울고 싶은데 울 곳이 없어요.

아기를 낳고 곧바로 복직해서 일한 지 1년이 된 지금,

삶이 너무 고되고 힘들어요.

뭘 위해서 이렇게 육아와 직장을 병행하며

힘들게 살아가야 하는지도 모르겠어요.

아이는 어린이집에 맡기고 허한 마음으로 출근하면서

'나는 일하고 싶어서 일하러 가는 거야' 하고

어떻게든 다짐하는데도 허무함밖에 느껴지지 않아요.

이렇게 인생을 보내는 제 자신이 너무 안됐어요.

주변에서 저를 도와주는 사람도 없고요,

그러다보니 이런 심정을 털어놓을 수도 없어요.

제가 너무 나약한 걸까요?

아니면 다 이렇게 힘들게 살아가는 걸까요?

항상 언니 영상 보면서 많이 느끼고 깨닫고 있지만

저는 긍정적인 생각이 도무지 들지 않아요.

하나도 행복하지 않아요.

아기 재우다가 같이 울며 잠들기를 6개월째인데….

언니한테라도 주절주절 이야기하고 싶었어요.

　나도 한참 우울에 빠져 있을 때, 마음을 터놓을 수 있는 사람이 필요했다. 하지만 동시에 어느 누구에게도 내 심정을 내보이고 위로받을 수 없기도 했다. 그래서 나는 고민을 토로하고 싶어서 메시지를 보내는 친구들을 보면 그냥 지나칠 수가 없다. 그 마음을 너무나 잘 알고 있으니까. 나를 지켜봐 주고 모든 것을 응원해 주던 친구들의 삶을 나 또한 모든 힘을 다해 응원하고 위로해 주고 싶다. 그래서 답장을 하기까지 꽤 오랜 시간이 걸린다. 글자로 몇 줄 끄적이는 게 전부지만 진심이 전달되길 바라는 마음으로 쓰다보면 그렇게 된다.

　답답한 마음을 털어놓고 싶을 때 제가 생각났나 봐요.

감정을 꾹꾹 누르고 있을 때는 너무 크게 느껴지지요.

하지만 밖으로 이야기하기 시작하면

생각보다 이겨낼 만하다는 생각이 들 거예요.

저는 뭐든 들어줄게요.

들어주는 건 어렵지 않거든요.

지금 친구는 출구가 멀리 있는

긴 터널을 통과하고 있다는 생각이 들어요.

어쩌면 추운 겨울을 겪고 있는지도 모르겠어요.

이 시기도 언젠가는 모두 지나고

반드시 따스한 봄날이 찾아올 거예요.

일부러 긍정적으로 생각하려 하지 않아도 괜찮으니까

도움이 되는 방법을 하나 알려주고 싶어요.

매일 저녁 노트랑 펜을 꺼내 들고

하루 동안 있었던 좋았던 일들을 써보는 거예요.

특별한 일이 아니어도 돼요.

먹고 싶었던 치킨을 먹었던 순간,

아이가 나를 바라보며 웃어줬던 순간,

따뜻한 물로 샤워하며 기분 좋았던 순간도 있겠죠.

그렇게 소소하게 일기를 쓰는 것만으로도

일상은 달라질 수 있어요.

한번 해보고도 마음이 힘들면 또 메시지 보내요.

언제든지 이야기 들어주고 응원할 테니까요.

오늘 밤은 평온한 마음으로 푹 자기를.

그 친구가 안고 있는 마음의 짐이 조금이라도 줄어들기를 바라며 내가 할 수 있는 이야기를 건넸다. 그에게 답장한 것처럼, 힘든 일이 몰려와 인생의 겨울을 지나고 있다고 느껴질 때면 나는 항상 사계절을 생각한다. **지구는 다행히도 공전을 멈추지 않아서 겨울 다음에는 봄이 반드시 찾아온다. 우리 인생도 마찬가지다.** 힘들고 혼란스러운 일이 찾아와도 인생의 겨울이 영원히 계속되지는 않는다. 정말 고통스럽고 괴로운 일도 언젠가 반드시 끝나게 되어 있다. 겨울이 지난 뒤에는 또 따뜻한 봄이, 찬란한 여름이 우리를 기다리고 있다.

어쩌면 인생은 원래 항상 봄날일지도 모른다. 주변을 둘러보면 따뜻하고 좋은 순간은 반드시 있다. 그저 지금은 잠깐 스쳐 지나갈 꽃샘추위 같은 일 하나가 전부가 되는 바람에 좋은 일이 잘 보이지 않아 잊고 있는 것뿐이다. 꽃샘추위가 찾아온다고 봄이 갑자기 겨울이 되는 게 아닌데, 추위와 같은 시련에 짓눌려서 지금이 봄날임을 잊어버리는 것이다.

그러니 지금 추위를 겪고 있다고 슬퍼하지 말자. 조금이라도 눈을 돌려보면 우리의 계절은 항상 봄이라는 사실을 알 수 있으니까. 지칠 땐 오늘 있었던 소소하지만 좋았던 일을 떠올려 보자. 맛있는 디저트를 먹었던 순간, 좋아하는 친구를 마주쳤던 순간, 마음에 드는 옷을 사던 순간이 있을 것이다. 그렇게 스스로에게 패딩도 한번 입혀주고, 붕어빵도 하나 사 먹이고, 따끈한 난로 앞에 앉아 불을 쬐어주며 꽃샘추위를 이겨내다 보면 따스한 봄날은 언젠가 다시 찾아오게 되어 있다.

무조건 사랑해

정말 좋아하는 말이 있다.

"무조건 사랑해."

아이를 낳고 키우게 되면서 더 좋아하게 된 말이다.

이전에는 다른 사람들의 마음에 드는 행동을 해야만 사랑과 인정을 받을 수 있다고 믿었다. 남자친구에게 잘 보이려 부지런히 꾸몄고 불편한 옷차림을 감수하는 것도 당연하게 여겼다. 친구들을 만나거나 사회생활을 할 때도 마찬가지였다. 누가 나를 똑똑하고 야무지다고 칭찬하면 그런 모습만 보여주려고 노력했다.

아이를 낳아 키우면서 조건 없이 사랑한다는 것이 무엇인지 알게 되었다. 나는 아이가 어떤 행동을 하거나 꼭 뭔가를 잘해서 사랑하는 게 아니라, 그냥 존재만으로도 사랑한다. 미운 행동을 하거나 짜증을 내고, 말도 안 되는 고집을 부린다고 해서 사랑하는 마음이 변하지는 않으니까.

종종 아이는 잘 시간이 훌쩍 지났는데도 더 놀고 싶어서 이런저런 핑계를 대며 늑장을 부리고는 한다. 양치하러 가자는 말을 열 번, 스무 번도 더 해야 하는 날이면 점점 목소리가 높아지다 화를 내고 만다.
"조은채! 지금 치카치카 안 하면 치과 가서 아픈 거 해야 해! 그렇게 되도록 그냥 놔둘까? 네가 선택해!"

한번 고집을 부리기 시작한 아이는 울먹거리면서도

선뜻 씻으러 가지 못하고 멈칫멈칫한다. 그러면 나는 엄마로서 해야 할 이야기를 단호하게 모두 말하고, 마지막에는 꼭 아이에게 사랑한다고 말해준다.

"은채야, 그래도 엄마는 은채를 무조건 사랑해."

훈육을 하고 난 뒤에만 말하는 것이 아니라, 기분이 좋을 때도, 화가 날 때도, 슬플 때도, 때로는 갑자기 이야기해 주기도 한다.

어느 날은 아이가 와서 물었다.

"엄마, 진짜로 내가 뭘 해도 사랑해? 정말 나를 무조건 사랑해?"

"그럼. 은채가 미운 짓을 해도, 엄마 말을 안 들어도 무조건 사랑해. 은채라서 무조건 사랑해."

아이는 자신이 조건 없이 사랑받아야 할 존재임을 조금씩 알아가는 것 같았고, 나도 엄마로서 그런 아이의 마음을 지켜주고 싶다고 생각하며 지내왔다. 그러다 번뜩 뇌리에 어떤 생각이 스쳤다.

'나도 엄마에게 이런 존재였겠구나. 나도 이렇게 아무 조건 없이 사랑받으며 자랐을 텐데 왜 몰랐을까?'

항상 아이가 무엇을 하든, 어떤 아이로 자라든 충분히 사랑받기를 바라면서도 나 스스로에게는 너무 엄격한 잣대를 대고 있었다. 내가 잘하던 것을 못하게 되거나, 힘들어서 내려놓게 되면 다른 사람이 나를 인정하지 않거나 사랑하지 않게 될까 봐 두려웠다.

누군가가 나보고 똑 부러져서 좋다고 하면 실수하는 모습을 필사적으로 숨기고자 애썼다. 사실은 똑순이가 아니었다며 상대방이 실망할 것 같아서 무서웠다. 누군가가 나에게 대범하고 결단력 있어서 좋다고 말하면, 결정을 내리기 전까지 수없이 바뀌는 나의 소심한 속마음을 들키지 않으려고 했다. 누군가는 내가 그냥 좋았던 거고, 좋은 이유는 부차적인 것일 수도 있었는데…. 사람들을 실망시키면 나에게 거는 기대치가 낮아질까 봐 두려웠다. 이랬다저랬다 하는 내 모습을 주관 없는 사람처럼 생각할까 봐 걱정하던 때도 있었고, 몰라서 자꾸만 물어보고 의지하면 귀찮지는 않을까 조심하기도 했다. 누구보다도 내가 나 자신을 괴롭히고 있었다.

지금은 좀 더 나다워지려고 노력한다. 인정받기 위해 예쁘게 나를 포장하는 것을 멈추고, 나라는 존재 자체가 선물이라 생각하며 살기로 마음먹었다.

아이를 낳은 뒤로 나도 뭔가를 꼭 잘하거나 어떤 조건이나 이유가 있어야 사랑받을 수 있는 게 아니라 존재 자체로 사랑받을 수 있다는 사실을, 또 그렇게 사랑받아 왔다는 사실을 알게 되었다. 맡은 일이나 역할에 최선을 다하는 것은 당연한 일이지만 사랑받기 위해서 꼭 필요하지는 않다는 사실까지도.

지금은 아이에게 하는 말을 나에게도 건넨다.
"무조건 사랑해, 혜영아."
우리는 모두 조건 없이 사랑받아 마땅한 존재다. 세상의 모든 엄마와 아빠는 우리가 태어난 순간부터 사랑을 주었고, 당신의 목숨보다 소중한 존재라고 여기며 최선을 다해 키웠을 테니까.

스스로를 무조건 사랑하자. 생각보다 쉬운 일이다. 왜냐하면 정말 아무런 조건이 없으니까. 오늘도 나는 나를 무조건 사랑한다.

오늘도 무조건 사랑해.

나를 위한 내려놓기

어렸을 때부터 나는 늘 해내고 싶은 것이 많았다. 노는 것도 포기하지 않으면서 공부도 일도 잘하려 하니 항상 시간에 쫓기듯 살았다. 먹는 것을 지금보다 몇 배는 더 좋아했는데 외모도 잘 가꾸고 싶어서 먹기 위해 운동하는 사람처럼 굴었다. 어느 것 하나 놓치고 싶지 않았다. 게다가 좋은 딸, 좋은 누나, 좋은 친구, 좋은 사람이 되기 위해 나보다는 다른 사람의 의견을 더 중요하게 받아들일 때도 많았다.

이런 나의 성향은 20대 후반에 정점을 찍었다. 몸이 두 개, 세 개는 되는 것처럼 열심히 살았더니 어느 순간 과부하가 걸렸다. 누적된 스트레스로 우울감이 찾아왔다. 버겁고 지쳤다. 이렇게 하느니 다 그만두고 싶었다.

누군가에게 이런 말을 들었다면 조금 편해졌을까.

"조급해하지 마라. 될 일은 그저 잘되고, 너의 일이 아닌 것은 어차피 안된다. 모든 것을 혼자 하려고 하지 않아도 괜찮다."

아무도 내게 해주지 않았던 저 말을, 지쳐 쓰러지기 직전에야 나 자신에게 할 수 있었다. 선택이 필요한 순간이 찾아온 것이다. 보통 사람 정혜영으로 살면서 내 몸 내가 건사하든지, 슈퍼맨이 되기 위해 날 줄도 모르면서 높은 곳에서 뛰어내리다가 다리가 부러지든지. 둘 중 하나를 선택해야만 했다.

결국 나는 현실적으로 할 수 있는 일만 해야겠다고 마음먹었다. 할 수 없는 일과 내 힘으로 통제할 수 없는 것은 버리기로 했다. '혹시나' 내가 어떻게 변화시킬 수 있지 않을까 싶어 꽉 쥐고 있던 일들을 하나씩 내려놓았다. '어떻게든 되겠지' 하며 포기했다는 뜻은 아니다. 지금 처한 상황을 객관적으로 바라보고 내가 할 수 있는 일과 할 수 없는 일을 구별하기 시작했다. **나를 믿고 할 수 있는 일에서는 최선을 다하되, 내 능력 바깥의 일에 대해서는 '혹시나' 해서 놓지 못하던 마음을 버렸다.**

이런 마음으로 삶을 대하다 보니 변화가 일어났다. 내 의지로 해결되지 않는 문제를 고민하는 시간이 사라졌다. 그러자 자격지심이나 다른 사람들과의 비교에서 벗어날 수 있었고 결과에 대한 집착도 많이 내려놓을 수 있었다. 하나하나 내가 통제하지 않더라도 '역시나' 삶은 그대로 흘러갔다. 행여 떠나버린 것들이 잘되어 배 아플 상황이 될까 조바심도 났지만, 곧 그것은 내 것이 아니었음을 받아들이게 되었다.

무엇이든 맛있다고 배 속에 꾸역꾸역 모든 것을 집

어넣다 보면 결국 배탈이 나기 마련이다. 적당하게 배부른 상태가 오히려 만족스러운 포만감과 행복을 준다. 내려놓는 것도 마찬가지다. 내가 주도할 수 있는 영역 바깥의 일까지 붙잡고 있으면 결국엔 독이 되어 돌아온다.

'혹시나' 하는 마음에 모두 붙잡고 있든 하나씩 내가 할 수 있는 일을 구별하든, 궁극적으로는 내가 행복해지기 위한 선택을 하려는 것이다. 다만, 스스로 통제할 수 없는 것에 너무 많은 에너지와 시간을 낭비하고 있다면 하나씩 과감하게 내려놓아도 괜찮다. 그 끝에는 걱정한 것보다 더 좋은 결과가 우리를 기다리고 있을 테니까.

셀프 칭찬 마스터

한때 헬스 트레이너로 일한 적이 있다. 그때 나는 여수에서 둘째가라면 서러울 칭찬왕이었다. 개인 트레이닝을 등록한 회원들은 처음엔 의욕이 굉장히 넘치지만, 평소 하지 않았던 운동과 식단 관리를 병행하다 보면 금세 지치기 일쑤였다. 잘 챙겨 먹으면서 운동해도 힘든데, 다이어트를 위해 식단까지 관리하면서 안 하던 운동을 하려니 몸도 마음도 힘든 게 당연하다. 이때 목표를 향해 열심히 운동하는 회원들을 위해서 내가 할 수 있는 최고의

격려는 바로 칭찬이었다. 회원이 조금이라도 잘하는 것이 있으면 무조건 칭찬해 주었다. 식단을 잘 지켰거나, 어제는 잘 안됐던 운동을 오늘은 좀 더 잘하거나, 포기하고 싶은 마지막 한두 동작을 구령에 맞춰서 끝까지 해내면 어김없이 엄지척을 날리며 마구마구 칭찬해 줬다.

잘하고 있다는 확신이 생기면서 회원들의 체력도 일취월장했다. 맨몸으로 스쾃을 조금만 해도 다리가 후들후들했던 회원은 어느새 바벨과 덤벨을 들고 스쾃을 몇 세트씩 해냈고, 빠르게 걷는 것도 숨차하던 회원은 조금씩 달리기도 하게 되었다.

어떻게 하면 자신감을 끌어올려 줄 수 있는지, 어떻게 하면 포기하지 않고 끈기 있게 버틸 수 있는지, 어떻게 하면 서로 신뢰하고 응원하며 따를 수 있는지…. 모두 헬스 트레이너 일을 하며 배운 것들이다. 무엇보다 가장 좋은 방법은 끊임없는 칭찬이었다.

헬스 트레이너를 그만둔 지 한참이 지났지만, 지금도 누구를 만나면 칭찬할 거리부터 눈에 보인다. 칭찬은 선순환을 불러온다. 칭찬해 주기 위해 한 번 더 관심을 갖고 상대방을 바라보면 애정이 생기고, 칭찬을 받는 사람은 기분이 좋아지기에 서로 좋은 관계를 유지할 수 있다. 어느 순간부터 다른 사람뿐만 아니라 나 스스로에게도 '셀프 칭찬왕'이 되어주기로 마음먹고 별거 아닌 것도 칭찬하기 시작했다.

어쩌다 화장실이나 엘리베이터에서 거울을 마주하면 꼭 소리를 내서 나에게 칭찬 한 마디를 건넨다.

"뭐, 이 정도면 훌륭하지."

새벽마다 운동할 때도 마찬가지다. 워킹 런지를 하다가도 불쑥 작게 혼잣말을 한다.

"대단하다. 진짜 기특해!"

이렇게 나에게 칭찬을 건네는 날이 쌓이다 보니 어

느샌가 '셀프 칭찬 마스터'가 되었다. 한두 살짜리 아기가 무슨 행동을 해도 칭찬을 아끼지 않는 부모처럼, 나는 나를 그렇게 칭찬해 주면서 살고 있다.

다른 사람은 신경 쓰지 않고 나의 행동만 보고 칭찬하니 세상의 기준이 오롯이 나 자신이 된다. 비교 대상도 다른 사람이 아닌 이전의 나뿐이다. 누군가의 자랑거리나 성공에 주눅 들지도, 약점이나 불행에 위안받지도 않는다. 그저 내가 잘하면 잘하는 거고, 내가 못하면 못할 뿐인 것이다. 칭찬에서 비롯된 자기 존중과 자존감은 나를 세상의 중심에 세우는 튼튼한 지지대가 되어주었다.

자기 스스로를 아끼고 존중하는 사람은 다른 사람 또한 배려하는 사람이 될 수 있다. 행복한 사람들이 온전히 다른 사람들의 행복을 위해 선뜻 나서서 그들을 돕는 것처럼 말이다. 반대로 지나치게 분노에 차서 갑질을 하거나 약자를 함부로 대하는 사람들은 대부분 자기 비하가 심하고, 자존감이 낮은 사람일 확률이 높다. **자기 자신**

을 칭찬할 수 있어야 상대방도 칭찬할 수 있고, 자기 자신을 존중할 수 있어야 다른 사람도 존중할 수 있고, 자기 자신을 사랑할 수 있어야 누구든 사랑할 수 있다.

주변 지인들에게 항상 진심으로 이런 말을 건넨다.

"너의 모든 삶을 응원하고 항상 곁에 있을게!"

나는 나 스스로에게도 그런 존재가 되고 싶다. 어떤 선택을 해도 항상 응원하고 격려하고 싶다. 우리는 지금 그대로도 괜찮고 소중한 사람이다. 아주 작은 부분이라도 콕 집어서 칭찬해 주자. 잘하고 있다고, 오늘 하루도 멋지게 해냈다고.

오늘 나는 행복으로 할래

나는 잠들기 전에 먹고 싶은 음식이 생기면 아침에 일어나서 꼭 먹어야 한다. 그날그날 상태에 따라 먹고 싶은 메뉴도 다양하다. 스트레스가 심할 때는 매콤한 떡볶이가 당기고, 기운이 없을 때는 기름기가 차르르 빛나는 수육이, 피곤할 때는 빠작빠작하고 쫀득쫀득한 약과가 떠오른다. 정말 시간이 없어서 간단히 먹어야 할 때를 제외하고는 꼭 먹고 싶은 음식을 고른다.

신중하게 끼니를 고르는 만큼, 식사 시간은 하루 중 가장 소중한 시간이다. 나에게 선물을 주는 것처럼 설렘을 담아 무엇을 먹을지 마음대로 선택한다. 이렇게 내 마음대로 정할 수 있는 것이 오늘의 메뉴 외에도 하나가 더 있다. 바로 기분이다. 하루의 기분을 정하는 습관은 「이상한 나라의 앨리스」와 관련된 글귀에서 시작되었다.

"내 기분은 내가 정해. 오늘 나는 '행복'으로 할래."

저 글귀를 읽고 문득 내 기분도 마음대로 정할 수 있겠다 싶었다. 무엇으로 정하면 좋을까? 나는 맛있는 것을 먹고 든든해진 기분을 제일 좋아하니까 배부름, 만족, 행복, 포근함, 온화함 같은 감정을 떠올려 봤다. 기분을 정한다고만 생각했는데도 이상하게 웃음이 났다. 정말로 내 기분을 제어할 수 있는 것처럼 느껴졌다.

하루는 '오늘의 기분'을 유쾌함으로 정했다. 그날은 서울에서 지인이 내려오는 날이었다. 오랜만에 여수를 방문하는 지인을 위해 점심으로 한정식을 먹기로 했다. 여수만의 한정식은 싱싱한 회와 한 상 가득 정갈한 반찬이 만족스럽고 든든해서, 여수를 방문하는 손님에게 자신 있게 권하는 메뉴 중 하나다.

기차역으로 마중 나가 일행을 태워 식사 장소로 이동했다. 그날따라 시청 앞 로터리가 차들로 굉장히 혼잡스러웠다. 제때 차선을 변경하지 못해 어찌저찌 옆으로 빠져나가다 바깥쪽 차선에서 오는 차량과 엇갈리면서 접촉사고가 나고 말았다. 살짝 스친 줄 알았는데 내려서 보니 조수석 쪽 범퍼와 헤드라이트가 긁혀 있었다. 난생 처음으로 사고를 낸 것이다.

왜 하필이면 오늘 같은 날 이런 일이 벌어졌을까. 속상한 마음이 들었지만 일단은 덮어두고 보험사를 불러서 사고를 수습했다. 결국 식당에는 예약한 시간보다 늦게 도착했고, 마감 시간 때문에 밥도 서둘러 먹어야 했다. 무엇보다 그 자리에서 나눠야 할 이야기를 다 마무리하지 못해서 자리를 옮겨야 했다.

　집으로 돌아오는 길에 문득 아침에 골랐던 기분이
떠올랐다.
　'나는 오늘 유쾌함으로 기분을 정했는데, 지금은 하
나도 유쾌하지가 않네.'
　사고를 내고 유쾌할 사람이 어디 있을까. 마음이 복
잡하고 수습할 걱정이 앞섰다. 하지만 한편으로는 그 순
간에 이런 생각도 들었다.
　'그래도 큰 사고가 아니라서 다행이다. 또 아이와 함
께 있을 때 난 사고가 아니라서 얼마나 다행이야. 앞으로
로터리에서 운전할 때는 정말 조심해야지.'

　사고는 보험사에서 모두 수습할 테니 이미 일어난
일을 계속 마음에 담고 끙끙거려서 좋을 게 하나도 없었
다. 물론 사고를 처리하는 과정에서 몇 번씩 감정이 왔다
갔다 하기는 했지만, 미리 정해둔 기분이 사고를 대하는
마음가짐에도 영향을 미치고 있었다.

그 후로는 나에게 좋은 에너지를 불어넣어 준다는 생각으로 하루의 기분을 미리 정해둔다. '행복'은 당연하고, 즐거움, 만족, 온화함…. 가장 먹고 싶은 음식으로 메뉴를 고르듯 나에게 가장 주고 싶은 기분으로 하루를 보낸다.

기분을 정하는 것조차 부담스럽거나 마음이 힘든 날에는 심호흡을 한다. 몇 분간 숨을 크게 천천히 들이마시고 내뱉다 보면 교감신경과 부교감신경이 균형을 이루면서 마음이 편안해질 것이다.

매일 아침, 하루의 기분을 정해보자. 아침에 눈을 떠서 그날의 기분을 정하면 그 기분대로 흘러가는 하루를 만들 수 있다. 행복한 날이 되길 원한다면 오늘의 기분을 행복으로 고르면 된다. 기쁜 날을 보내고 싶다면 기쁨을 고르자. 마음먹은 만큼 좋은 하루를 보내는 것은 생각보다 어렵지 않다. 우리는 이미 자기 자신을 행복하게 해줄 수 있는 능력을 충분히 갖추고 있으니까.

마음먹은 만큼 좋은 하루를 보낼 수 있다.
오늘 나는 행복으로 할래!

며칠 좀 흐트러져도 괜찮아

렌즈삽입술을 한 적이 있다. 근시에 원시, 난시를 다 가지고 있는 나에게 일반 콘택트렌즈는 잘 맞지 않아 불편했다. 그러다 이혼이라는 힘든 일을 겪으면서 그동안 애쓰며 살아온 나에게 제일 좋은 선물을 하나 해주고 싶다고 생각했다. 늘 안경을 쓰고 있었던 내 눈에 안경을 벗는 호사를 누리게 해주고 싶었던 것이다. 그래서 스스로에게 렌즈삽입술이라는 큰 선물을 주었다. 여러 종류의 시력교정술 중에서도 렌즈삽입술은 회복이 빠른 편이고,

나중에 문제가 생기면 렌즈를 제거해 원래 시력으로 간단하게 되돌릴 수 있다고 하니 그 말만 믿고 덜컥 수술을 받았다. 단점이나 부작용은 알아보지 못했다. 아니, 굳이 알아보려 하지 않았다.

처음에는 안경 없이도 안경을 쓴 것처럼 앞을 잘 볼 수 있다는 사실이 마냥 신기하고 좋았다. 아침에 눈을 뜨면 천장 무늬가 곧바로 보였다. 마스크를 쓰거나 라면을 먹을 때 시야가 뿌예지는 일이 사라졌다. 물론 나도 모르게 콧대를 어루만지며 안경을 위로 올리는 시늉을 종종 하기도 했지만 그마저도 즐거웠다.

하지만 시간이 지나면서 점점 불편한 점이 생기기 시작했다. 컨디션에 따라 오른쪽 눈의 난시가 심해졌고 시력이 들쑥날쑥했다. 영상을 촬영할 때도 불편했다. 이전과 같은 조명인데도 너무 눈이 부셨다. 밤에 운전이라도 하려고 하면 빛 주변으로 수많은 동그라미가 보이는 링 현상이 일어났다.

일상생활이 불편할 정도가 되자 한 번도 찾아보지 않았던 부작용을 검색하기 시작했다. 내가 겪고 있는 것은 지극히 평범하고 흔한 부작용이었다. 평생 이 부작용을 안고 살아야 한다니! 게다가 병원에서는 삽입된 렌즈의 위치가 좋지 않다는 진단까지 내렸다. 결국 수술한 지 8개월 만에 렌즈를 제거하는 수술을 받았다.

수술을 하고 나서 운동은 물론, 세수나 머리 감는 것까지 모두 조심해야 했다. 전날까지도 새벽 운동 루틴을 포기할 수 없어 새벽 5시 반에 일어나서 운동했건만, 수술 첫날에는 눈앞이 뿌옇기만 하고 제대로 보이지 않아서 보호자의 도움 없이는 아무것도 할 수 없었다. 수술 다음 날부터는 약간씩 앞이 보이기 시작했지만 눈에 연고를 넣어야 했기에 역시 답답한 시야로 생활해야 했다. 일주일 정도는 무조건 쉴 수밖에 없었다.

몇 년 만에 처음으로 그 일주일 동안 늦잠을 잤다. 나는 원래 정말 피곤한 날을 제외하고는 항상 5시 반에서

6시 사이에 일어나는데, 운동을 못 하게 되니 새벽에 눈이 떠지지 않았다. 그 외에도 하던 일을 모두 멈췄다. 평일에는 아이 유치원 등원만 겨우 도와줬고, 주말에는 최대한 누워 있을 수 있는 순간까지 누워 있다가 느지막이 일어났다.

아무리 회복하기 위해서라고 해도 가시방석에 앉은 것 같았다.

'이렇게 아무것도 안 하고 있어도 괜찮을까? 다시 새벽에 일어나지 못하면 어떡하지?'

몸이 편하라고 늘어져라 자고 누워 있으면서도 마음 한구석은 불안해서 죄책감마저 들었다.

그러다 시력이 거의 회복되었을 무렵, 오랜만에 일기가 쓰고 싶어져 책상 앞에 앉았다. 앞장을 들춰보니 불안하고 힘들었던 날에 쓴 일기가 많았다. 쉬는 날이면 나는 항상 불안해했다. 우는 아이를 달래다가 허리를 다쳤던 날에도 최대한 쉬어야 했는데, 스스로를 의심하며 마음

편히 쉬지 못했다.

그저 며칠 흐트러질 뿐인데 왜 마음이 불안하고 힘든 걸까? 매 순간마다 후회 없이 살고 싶고 1분 1초라도 허투루 보내고 싶지 않은 마음이 자꾸 나를 옭아맸다.

이렇게 언제나 뭔가를 하고 있어야 한다는 강박관념에 시달리는 상태를 '슈드비 콤플렉스(should be complex)'라고 일컫는다고 한다. 나 또한 지독한 슈드비 콤플렉스에 시달리고 있었다. 뭔가를 계속해서 하고 있지 않으면 뒤처진다고, 매일 생산적인 일을 해내야 가치 있는 사람이라고 생각하고 있었는지도 모르겠다.

하물며 근육을 키울 때도 휴식이 필수적이라는 사실을 잊고 있었다. 근육은 운동하는 순간이 아니라 쉬고 있는 동안에 성장하기 때문이다. 운동하면서 찢어진 근육은 잘 먹고 잘 자고 잘 쉴 때 이전보다 더 크고 단단하게 발달한다.

일상에서 잠시 흐트러지는 시간도 마찬가지일 것이다. 물론 마음만큼 쉼을 누리는 것도 쉽지 않았다. 하지만 눈이 다 나으면 분명히 곧바로 새벽에 일어나는 바쁜 일상을 보내게 될 텐데, 이번에야말로 나에게 푹 쉬는 시간을 주고 싶었다. 조급한 마음을 가라앉히고 최대한 느긋하게 회복 기간을 즐기려 했다. 흐린 시야로 뭔가를 하고 싶은 마음이 들어도 지금은 휴식을 연습하는 중이라고 생각했다.

처음에는 안절부절 못하던 마음도 갈수록 편안해졌다. 충분히 회복하며 쉬어도 아무 일도 일어나지 않았다. 시간이 흐르면서 다른 일을 해야만 한다는 압박에서 벗어나 평온한 마음을 유지할 수 있었다. 렌즈 제거 수술을 받고 일주일이 지나고도 나는 눈을 핑계로 일주일을 더 늦게 일어났다.

잠시 흐트러지는 시간은 매우 중요하다. 쉼은 몸과 마음을 회복시켜 주고, 우리를 더 나은 삶으로 이끌어준다. 쉼을 편안하게 받아들이고 온전히 누려보자. 나는 치열하게 살아가는 만큼 흐트러질 수 있는 시간도 충분히 즐기며 만끽하고 있다.

경험해 본 걸로 만족

웬만큼 운동을 좋아하는 사람이 아니고서야 헬스장에 있는 운동기구를 집에 들이는 경우는 거의 없지 않을까. 하지만 내가 바로 그런 사람이었다. 가정용 스텝퍼 말고 커다란 헬스장 스텝퍼를 집에 두고 틈틈이 운동하면 효과가 좋을 것 같아 과감하게 거실에 설치한 적이 있다.

그 전에는 주로 아파트 계단을 오르며 유산소 운동을 했다. 1층부터 10층까지 열 번 정도 달려서 왕복하면

땀이 비 오듯 쏟아졌다. 심장은 터질 듯이 뛰었고 기분도 상쾌해졌다. 한 층 한 층 올라가며 목표를 달성하는 기쁨도 있었다. 이제 똑같이 계단 오르내리기를 할 수 있는 스텝퍼를 집에 설치했으니 시간과 장소에 구애받지 않고 운동할 수 있게 되었고, 이웃 주민을 만나며 민망할 일도 없겠다 싶었다.

그러나 모두 착각이었다. 같은 공간에서 반복적으로 움직이는 것이 운동의 전부다 보니 높이를 가늠하거나 목표를 세울 수 없어 오히려 지루하게 느껴졌다.

스텝퍼는 나와 맞지 않는 기구라는 사실을 부인하고 싶었다. 돈이 아까워서라도 스텝퍼 위에 계속 올랐다. 하지만 꾸역꾸역 억지로 스텝퍼를 밟고 있자니, 어느새 운동하는 재미가 모두 사라지고 어쩔 수 없이 해야 하는 일과로 바뀌어버렸다. 그렇다고 타임머신을 타고 스텝퍼를 사기 전으로 돌아갈 수도 없는데 말이다.

고민 끝에 나는 이전처럼 즐겁고 행복한 운동 시간을 되찾기로 하고 스텝퍼를 엄마에게 넘겼다. 스텝퍼는 경험해 본 것만으로도 만족했다며 스스로를 달랬다. 해 보고 싶어서 시도했지만 예상한 것과 결과가 다를 땐 빠르게 결론을 내리고 미련을 버리기로 마음먹었다.

　　이 마음은 지금도 여전히 유효하다. 나는 워낙 새로운 맛을 경험하는 것을 좋아하니 음식이 새로 출시되면, 약과든 도넛이든 치킨이든 꼭 먹어봐야 직성이 풀린다. 그리고 그 음식이 맛있었다면 다른 사람들도 꼭 맛보길 바라는 마음에서 이를 소개하고 나누는 콘텐츠도 만들게 되었다.

　　아침마다 사이클을 타면서 무엇을 먹을지 쇼핑하고, 촬영하는 날에 맞춰서 맛볼 수 있도록 미리 음식을 준비해 놓는다. 어떤 음식은 너무 맛있어서 영상을 올리기도 전에 다시 주문하지만, 어떤 음식은 기대와 달리 맛이 아쉽거나 가성비가 좋지 않아서 또 시키지 않는 경우도 있다. 그럴 때마다 나는 '경험해 본 걸로 만족'이라는 평가를 내린다.

영상이 하나둘 쌓여갈수록 '경험해 본 걸로 만족'인 음식도 늘어났다. 하지만 그렇다고 돈이 아깝게 느껴지거나 후회스럽지는 않았다. 맛있어 보이는 음식이라면 궁금해서 언젠간 먹어봤을 테니, 무슨 맛인지 경험해 본 것만으로도 충분히 만족스러웠다.

스텝퍼도 음식도, 다른 일도 모두 비슷하다. **과거의 선택이 실망스럽다고 해서 현재의 기분과 상황까지 망치게 둘 수는 없다.** 만약 후회라는 감정이 마음 전체를 물들인다면 최대한 짧게 그 시간을 보내는 게 더 낫다.

우리는 모두 찰나를 살고 있다. 누구도 과거의 나로 멈춰 있을 수 없고, 누구도 미래의 나로 먼저 살아볼 수 없다. **지금을 살아가는 나를 위해 지나간 것을 후회하는 데 너무 오랜 시간을 쓰지 말자.** 대신 그럴 땐 이렇게 말해보자.

"경험해 본 걸로 만족!"

미련 없이 다음 단계로 넘어갈 수 있는 작은 용기가 생길 것이다.

오늘은 행복할 내일의 예고편

나는 새벽에 운동하면서 평소에 관심이 있던 강의나 팟캐스트, 경제 뉴스를 듣고는 한다. 운동에 집중도 잘되고 내용도 머릿속에 더 오래 남아 좋아하는 일과가 되었다.

어느 날은 「나는 의사다」라는 팟캐스트에 정신과 의사 선생님이 나와서 이런 이야기를 해주었다. 상담하러 온 환자들이 빠짐없이 던지는 질문이 있다고 한다.

"선생님은 행복하세요?"

늘 우울하고 슬픈 환자를 상담하는 선생님은 과연 행복할까? 환자들은 궁금했을 것이다. 그 질문에 선생님은 이렇게 대답한다고 했다. 1년 중 20일은 행복하고, 300일은 힘들고 나머지 45일은 그저 그렇다고. 365일 중 딱 20일만 행복하다는 말에 환자들은 다시 궁금해한다.

"그런 삶은 불행한 삶 아닌가요? 도대체 무슨 재미로 살아요?"

"저는 그 20일을 기다리는 재미로 삽니다. 한 달에 행복한 날이 딱 이틀만 있어도 그 이틀을 기대하고 기다리면서 오늘을 보낼 수 있지요. 오늘 조금 힘들어도 행복하게 보낼 내일의 예고편이라고 생각하는 거예요."

아, 왜 그렇게 생각하지 못했을까. 우리는 살다 보면 삶의 모든 순간이 행복하지는 않다는 것을 깨닫게 된다. 나도 365일 매일 행복하진 않다. 하지만 그렇다고 365일 매일 불행하지도 않다. 단지 365일 중 며칠은 행복하고 며칠은 행복하지 않을 뿐이다.

물에 소금을 넣는다고 가정해 보자. 소금을 열 숟가락 넣어야지만 소금물이고, 한 숟가락만 넣는다고 소금물이 아니라고 하지는 않는다. 행복한 삶도 마찬가지다. 1년 중 300일은 행복해야 진정으로 행복한 인생이고 30일만 행복하다고 불행한 삶이라 정의할 수는 없다.

어쩌면 행복과 여행은 닮아 있는지도 모른다. 늘 있는 일은 아니지만, 그 순간을 기다리게 된다는 점에서. 가령 설레는 마음으로 계획을 짜서 여행을 떠나도 그 계획을 모두 이루지 못할 수도 있고, 생각만큼 즐겁지 않을 수도 있다. 하지만 그렇다고 좋았던 경험까지 모두 사라지는 것은 아니다. 시간이 지나고 여행하며 찍었던 사진을 보거나 여행지에서 먹었던 맛있는 음식을 떠올리면, 그때의 행복한 감정이 올라오기 때문이다. 그러면 또 다른 여행을 계획하는 나를 발견하게 된다.

아이가 세 살이었던 어느 겨울날. 엄마와 남동생, 나와 아이까지 넷이서 제주도로 여행을 떠났다. 마냥 즐겁기만 한 여행은 아니었다. 아이가 아직 어리기에 돌발 행동을 하거나 위험한 행동을 하지 않도록 주시해야 했다. 식당에서는 자리를 어지럽히거나 장난을 치려는 아이를 돌봐야 해서 음식 맛을 즐길 틈 없이 식사를 후다닥 마쳐야 했다. 아이가 좋아할 만한 관광지를 방문했지만 정작 아이는 재미없어하고 투정을 부려서 모두가 피곤해하기도 했다. 같이 웃고 떠드는 시간에는 즐거웠지만 빨리 집으로 돌아가서 쉬고 싶다는 생각이 불쑥불쑥 고개를 들었다. 나도 이렇게 피곤했는데, 엄마는 오죽하셨을까.

하지만 일상으로 돌아오자 여행이 금세 그리워졌다. 엄마와 남동생도 어느새 제주도에서 있었던 일을 떠올리며 즐거워했다. 피곤함이 모두 사라지자 행복했던 기억만 남은 것이다. 우리는 곧 다음 여행을 계획했고, 설레는 마음으로 그날을 기다리면서 평범한 일상을 버틸 수 있었다.

그래서인지 나는 팟캐스트에서 들었던 내용에 크게

공감했다. 1년 중 행복할 20일을 기다리다 그날이 되면 행복을 충분히 누린다. 그리고 행복했던 20일을 추억하며 다시 올 행복할 날들을 기다린다. 이렇게만 1년을 보내도 의미 있고 힘차게 살아나갈 수 있지 않을까?

누군가 나에게 와서 지금 행복하냐고 묻는다면 나는 망설임 없이 그렇다고 대답할 것이다. **매일 행복하지는 않아도 행복한 순간은 분명히 있고, 그 순간을 기다리는 재미로 하루하루 살아가고 있으니까.**

운 좋게 실수했다

전국 팔도를 다 가본 것은 아니지만 여수에는 유독 맛있는 국밥집이 많다. 영상으로 모두 소개하지 못해서 아쉬울 정도다. 그중 한 국밥집에서 있었던 일이다. 워낙 인기가 많은 곳이고 여수에서도 외곽에 자리 잡고 있어서 큰맘 먹고 가야 한다. 여수를 잘 모르는 사람들에게도 꼭 소개해 주고 싶을 정도로 좋아하는 곳이라 도착하기 전부터 마음이 무척 들떠 있었다.

일행과 나는 인파가 몰리는 주말을 피해 가장 한가할 것 같은 평일 오픈 시간에 맞춰 가게를 방문했다. 다행히도 오래 기다리지 않고 자리를 잡을 수 있었다. 앉자마자 국밥과 수육을 주문하고 수다를 떨며 지루할 틈 없이 음식을 기다렸다. 음식이 나오자 나는 바로 촬영에 돌입했다. 오랜만에 좋아하는 국밥과 수육을 먹으니 마음까지 뜨끈해지고 행복했다. 카메라 앞에서 열심히 어떤 맛인지 설명했고, 즐거운 마음으로 촬영을 마쳤다. 그리고 녹화를 종료하려고 버튼을 눌렀는데 카메라에 빨간 불이 들어왔다.

빨간 불이 들어온다고? 등줄기에 식은땀이 흘렀다. 알고 보니 버튼을 누르지도 않았으면서 녹화되고 있다고 착각한 것이다. 일행과 수다를 떨다가 주문한 음식이 나오자 얼른 먹고 싶은 마음에 혼자 카메라 앞에서 이야기를 시작해 버리고 말았다.

열심히 찍었는데 녹화가 안 됐다는 것을 알게 되면

굉장히 속상하다. 이미 맛있게 먹어버린 터라 똑같이 반응하면서 재촬영하기도 어렵고, 그날 쏟은 시간 또한 모두 물거품이 된 거니까. 하지만 그 실수 이후로 달라진 것이 있다면 이제 중요한 촬영 전에 녹화 버튼을 누르지 않는 실수는 하지 않게 되었다는 것이다. 또한 편집을 할 때 더 꼼꼼히 점검한다. 무엇보다 아무리 아찔한 실수를 해도 수습하는 과정에서 새롭게 배우는 일이 생기면 '운이 좋았다. 평소라면 그냥 넘어갔을 텐데 실수해서 알게 됐네' 하고 넘기게 되었다.

일반적으로 '운이 좋다'는 표현은 실력이나 노력에 비해서 좋은 결과물을 얻게 되었을 때 사용한다. 그렇기에 실수를 운이 좋았다고 표현하는 것이 어색할 수도 있다. 그래도 나는 실수도 운이 좋아 일어난 일이라고 생각한다. **실수하지 않으면 영원히 몰랐을 것들을 알게 되고 한 단계 더 성장하는 계기가 생기니까.**

사실 녹화 버튼을 누르지 않은 채로 녹화를 시작한

일은 새 발의 피다. 영상을 제작하면서 지금까지 수없이 많은 실수를 저질렀다. 마이크 선을 제대로 연결하지 않아서 음성 없이 비디오만 녹화되기도 했고, 편집 과정에서 레이아웃을 잘못 만져서 중요한 부분이 사라지기도 했다. 심지어는 영상 파일을 옮기는 과정에서 실수로 파일을 날린 적도 있다.

하지만 이 모든 일을 수습하고 알아가는 과정에서 실력이 조금씩 향상했고, 점검하지 않았던 일들을 되짚어가며 새로운 것을 배울 수 있었다. 내 편집 실력의 8할은 실수가 만들어주었다. 처음에는 기본적인 것만 익힌 후에 바로 영상 제작에 돌입했던 터라 실수가 잦았지만, 그 실수를 만회하기 위해 찾아보고 알아가면서 지금의 편집 실력을 갖추게 되었다.

물론 실수 자체는 달갑지 않다. 아무리 몇 분 전의 내가 한 일이라지만 실수를 마주하면 짜증이 나고, 욱하고, 화가 난다. 하지만 그렇게 감정을 써봤자 손해 보는 건

나다. 수습하는 과정에서 하나라도 더 배우는 것이 훨씬 더 이득이다.

가끔 한 번씩 발생하는 실수는 도약의 기회나 다름 없으니 너무 자신을 타박하지 말자. 고쳐나가는 과정에서 분명 그 전보다 나은 사람이 되어 있을 것이다. 실수한 날에는 나에게 꼭 이렇게 말해주자.

"운 좋게 실수했네!"

생일에는 최대한 행복할 것

언제부턴가 내 생일을 특별히 챙기지 않게 되었다. 그저 365일 중 지나가는 하루에 불과하다고 생각했으니까. 생일이라고 특별한 것처럼 들떠 있는 게 쑥스럽기도 했다. 엄마가 나를 낳느라 고생한 날인데, 내가 축하받으며 생색내는 게 호들갑처럼 느껴지기도 했다. 결혼 후에는 우선해야 할 가족들이 늘어났기에 바쁜 일상에서 나를 위한 날을 챙길 여력이 더더욱 없었다.

어렸을 때는 생일이 되기만을 며칠 전부터 손꼽아 기다렸다. 그날만큼은 세상 누구보다 즐겁게 보내겠다고 다짐했을 정도였으니. 생일 아침이면 솔솔 풍겨오는 고소한 참기름 냄새에 눈을 떴고, 엄마가 차려준 흰쌀밥과 소고기가 듬뿍 들어간 미역국을 먹으며 행복해했다. 그러나 성인이 된 뒤로, 또 결혼하고 난 뒤로 내 생일은 언제나 뒷전이기 일쑤였다.

어느 날, 생일을 맞은 지인에게 평소와 다름없이 축하 메시지를 보냈다.

"오늘 하루만큼은 세상 누구보다 행복하길 바랄게!"

그러다 문득 이런 생각이 들었다.

'얼마 뒤에 있을 내 생일은 어떻게 보내지? 나도 그날만큼은 이 세상 누구보다 행복해야 하는 거 아닐까?'

멍하니 천장을 바라보다 나는 곧 비장하게 다짐했다.

'그래, 까짓것 올해 내 생일만큼은 제일 좋아하는 걸 먹고, 누구보다도 나를 실컷 축하해 주고, 많이 웃으면서

행복하게 보내보자!'

곧바로 핸드폰 스케줄러와 달력에 내 생일을 적어뒀다. 일주일 전부터 먹고 싶은 케이크도 골라놓고 디저트도 미리미리 주문해 뒀다. 미역국은 엄마한테 부탁했다. 엄마의 미역국은 매일 먹어도 질리지 않을 정도로 맛있으니까! 나에게 주는 생일선물로는 향수를 샀다. 평소 같았으면 비싸다고 살 엄두도 내지 않았을 테지만 가장 아끼는 사람에게 주는 선물이라고 생각하니 오히려 기쁜 마음으로 선물하고 싶었다. 거침없이 주문 버튼을 눌러 생일 당일에 받아볼 수 있도록 했다.

생일 전날에는 가족들과 전야제를 했다. 제일 좋아하는 치킨과 케이크를 먹으면서 생일 축하 노래를 미리 불렀다. 가족들도 열렬하게 축하해 주었다. 특히 아이는 생일 축하 노래를 세 번이나 불러주고 뽀뽀를 해줄 정도로 좋아했다. **태어나길 정말 잘했구나.** 무엇보다도 엄마한테 감사한 마음이 들었다. 정말 별거 아닌데도 기분이 꽤 좋았다.

생일 당일에는 지인들에게 축하 메시지와 선물을 받았고, 무엇보다도 나 스스로를 축하해 주었다. 엄마에게도 낳아주어서 고맙다고 감사 인사를 전했다. 역시 두말할 것도 없이 엄마가 끓여준 미역국은 최고였다.

"엄마, 낳아줘서 고마워! 엄마 딸로 태어나서 감사해. 엄마가 끓여준 미역국이 역시 세상에서 제일 맛있어!"

"네가 엄마한테 와줘서 고맙지. 먹고 싶은 거는 뭐든 언제든지 말만 해. 하나도 어려운 거 없으니까. 알겠지?"

일부러 하루 종일 캐럴을 들었다. 캐럴을 들으면 항상 기분이 좋아진다. 특별한 이유는 없다. 크리스마스는 모두가 파티를 하며 선물을 주고받는 날이라 그런지, 캐럴만 들어도 포근하고 따뜻한 분위기가 느껴진다.

그렇게 다시 특별한 날로 돌아온 생일을 맞이하고 나니 내년 생일도 기다려졌다. 이제 생일은 1년에 한 번 있는, 나만을 위한 축젯날이다. 태어난 날이라는 이유 하나만으로 가족, 지인들, 그리고 나에게 무조건적인 축하를 받으니 행복할 이유가 하나 더 생겼다. 꼭 가고 싶은 여행지나 갖고 싶은 물건이 생기면 생일날 나를 위한 선물로 준비하면 좋겠다고도 생각했다.

이렇게 삶에서 무조건 행복할 날들을 만들어놓는 건 꼭 필요한 일이다. 무조건 행복한 날을 보낸 뒤에는 일상을 버티는 힘이 생기고, 번아웃과 마주할 일도 적어진다. 멈춰 서고 싶은 순간에도 앞으로 나아갈 수 있게 된다.

지금은 무조건 행복할 날을 며칠 더 정해두었다. 내생일, 그다음으로는 아이 생일, 크리스마스, 여름휴가, 추석, 설날. 그리고 한 달에 두세 번 지인들과 만나는 약속까지 잡으니 팍팍한 하루를 보내다가도 쉽게 지치지 않고 다음에 올 행복할 날을 기다리며 힘낼 수 있다.

너무 먼 미래만 바라보며 '언젠간 행복할 날이 오겠지'라는 생각으로 스스로를 도착지 없는 러닝머신 위에 올려놓지 말자. **생일을 시작으로 한 달에 하루 정도는 나 자신에게 무조건 행복할 날을 만들어주자.**

사는 게 그렇지, 뭐!

"푸라 비다(Pura Vida)!"

지구 반대편 코스타리카에서 가장 많이 쓰이는 말이다. 직역하면 '순수한 삶(pure life)'이라는 뜻인데, 단순한 인사부터 작별 인사, 감사의 뜻을 담은 인사, 상황을 설명하는 말 등 다양한 의미로 쓰인다.

"푸라 비다"라는 말이 지금과 같이 코스타리카 전국

에서 쓰이게 된 데는 1956년에 개봉한 동명의 멕시코 영화의 힘이 컸다. 이 영화의 주인공은 계속되는 불행 속에서도 삶에 대한 낙관적인 시선을 잃지 않는다. 실수를 연발하면서도 만나는 사람들에게 "푸라 비다!"를 인사처럼 건네는 주인공에게 깊은 감동을 받았는지, 이 말은 코스타리카에서 1950년대 후반부터 쓰이기 시작했다. 그리고 오늘날에는 코스타리카 사람들이 삶을 대하는 태도를 정의하는 단어 중 하나가 되었다.

"괜찮아."
"걱정 마."
"잘 될 거야."
"사는 게 원래 그렇지."

이렇게 많은 뜻으로 쓰이는 "푸라 비다"는 긍정의 마음을 담은 주문일지도 모르겠다. 결국 삶은 괜찮은 방향으로 흘러가니, 한 번 살아볼 만한 가치가 있다는 것이다. 이 말 덕분일까. 코스타리카가 지구상에서 가장 행복한 나라 중 하나라는 사실은 UN이 매년 발표하는 세계 행복 보고서로 증명된 바 있다. 2015년 이후로, 코스타리카는 약 150개 나라 중에서 23위 아래로 순위가 떨어진 적이 없다.

우리는 종종 뭐든지 좋은 쪽으로만 생각해야 긍정적인 사고방식이라고 정의 내린다. 하지만 표준국어대사전에서 찾아본 '긍정'의 뜻은 조금 달랐다.

"그러하다고 생각하여 옳다고 인정함."

사실 긍정에는 '인정함'이 핵심이다. 어떤 일이 주어졌을 때 무조건적으로 좋게만 생각하는 것은 어쩌면 현실과 동떨어진 상상일 수 있다. 물론 나쁘게만 생각하는 것보다는 백 번 천 번 낫겠지만, 그래도 참된 긍정은 '있는 그대로 받아들일 수 있는 마음'에서 시작하는 것이 아닐까. "푸라 비다"라는 말에 "사는 게 원래 그렇지!"라는 의미가 있는 것처럼.

나에게 주어진 현실을 인정한다. 그 안에서 내가 할 수 있는 것이 무엇인지 찾고 실천한다. 그리고 절망 대신 희망을 꿈꾼다.

긍정적인 삶의 태도란 이런 것이다. 힘든 감정, 슬픈 감정, 위로받고 싶은 마음은 절대로 부정적인 감정과 태도가 아니다. 그저 내가 인정하고 받아들여야 하는 감정 중 하나일 뿐이다. 하지만 '나는 긍정적이어야 해!'라는 생각 때문에 스스로 힘들어하는 것조차 받아들이지 못한다면 이보다 부정적인 태도는 없을 것이다.

감정을 느끼는 그대로 인정하는 것부터 시작해 보자. 힘들고 우울한 마음이 들어도 괜찮다. 그 감정을 껴안고 받아들인 뒤, 그대로 좌절하는 대신 더 나아질 거라는 믿음만 있으면 된다. 이런 태도가 우리를 한 걸음 더 긍정적인 사람으로 만들어준다.

PART 2

언제나 파릇파릇
돋아나는 자존감

오늘도
나를 응원해

비온세가 되고 싶다!

스무 살 끝자락의 겨울, 처음으로 동네 헬스장에 찾아갔다. 마음이 단단해지려면 몸부터 건강해야 한다고 생각했기 때문이다.

중학생 시절까지만 해도 친구들에게 둘러싸여 하루하루 즐겁게 보냈다. 박지윤의 「성인식」처럼 당시 유행하던 노래의 춤을 연습해서는 거리낌 없이 학예회나 장기자랑 무대에 나섰다. 누구보다 노는 것을 좋아하면서도 공부도 열심히 해서 성적도 늘 상위권이었다.

즐거웠던 학교생활은 고등학교에 입학하고서부터 180도 달라졌다. 단짝이라고 생각했던 친구들과의 관계가 틀어지기 시작한 것이다. 또래 친구들이 세상의 전부였던 열일곱 살의 나는 마음의 상처를 심하게 입었다. 그 일로 우울증을 앓다가 끝내 자퇴를 결정했다. 그리고 검정고시를 본 뒤 대학에 진학했다.

대학생이 되고 환경이 바뀌어도 한번 어두워진 마음은 좀처럼 회복되지 않았다. 어떤 일을 해도 만족스럽지 못했고, 뭘 하면 좋을지 몰라서 시간을 무의미하게 보냈다. 하지만 정말로 하고 싶은 일만큼은 어떻게든 찾고 싶었다.

대학 생활은 잠시 접어두고 여수로 돌아와 시간을 보내던 어느 날, 텔레비전 채널을 돌리다 우연히 비욘세의 무대를 보게 되었다. 잘 모르던 가수였는데도 텔레비

전 화면에서 눈을 뗄 수가 없었다. 군살 하나 없이 탄탄한 몸으로 화려한 퍼포먼스를 펼치는 비욘세는 몸도 마음도 건강한 사람처럼 보였다.

'비욘세가 되고 싶다!'

이렇게 간절하게 무언가를 바란 게 몇 년 만이었는지. 비욘세처럼 건강해 보이는 몸부터 만들어보고 싶었다. 그 길로 무작정 동네 헬스장을 찾아갔다.

당시에는 헬스장에 가면 관장님이 꼭 있었다. 여성 회원은 대부분 러닝머신이나 사이클을 타며 유산소 운동을 주로 하던 시절, 나는 남자들 사이에서 기구와 덤벨 운동을 시도하는 특이한 사람이었다. 관장님은 그런 나에게 관심을 보이며 스쾃이라는 운동을 알려주었다. 정확한 운동 자세나 근육량을 늘리기 위한 식단처럼 요즘 같으면 개인 트레이닝을 받아야 알 수 있는 것을 나는 관장님에게 직접 배우며 스펀지처럼 흡수했다.

비욘세처럼 되려고 시작했지만 어느새 운동 자체가 점점 재미있어지며 운동이 목표가 되었다. 누구에게도 방해받지 않고 매일 하고 싶어서 새벽이나 이른 아침으로 운동 시간을 옮겼다. 그마저도 지키기 어렵다는 생각이 들자 눈뜨자마자 공복 상태에서 운동하는 습관을 들였고, 그렇게 19년째 지속하고 있다.

지금은 일주일 중 닷새는 하체 근력 운동을 한 시간가량 쉬지 않고 한다. 심박수가 많이 올라가고 땀으로 범벅이 되면 러닝과 사이클을 약 30분 정도 한 뒤 운동을 마무리한다. 주말에는 러닝만 하거나 대체로 쉰다. 기본 운동 루틴을 만들어두고 그때그때 컨디션에 맞춰서 더하거나 덜하는 편이다.

세상에서 절대로 후회하지 않는 두 가지를 고르라고 한다면 첫 번째가 효도, 두 번째가 운동일 것이다. 엄마에게 효도하고 나서 단 한 번도 괜히 했다고 생각한 적 없는 것처럼 운동 또한 일단 하고 나면 늘 만족스럽다.

그럼에도 운동을 꾸준히 하기란 참 어렵다. 밥을 먹고 나면 당연히 양치를 하는 것처럼 운동도 고민 없이 해야 하는데 단번에 그런 마음이 생기기는 쉽지 않다. 나 또한 마찬가지였다. 아무리 운동이 좋아도 집에서 헬스장까지 가는 길은 항상 멀게 느껴졌다. 무슨 부귀영화를 누리겠다고 매일 운동해야 하는지 정말 귀찮았다.

하지만 운동하지 않는 날이면 그 차이를 크게 느껴 결국 헬스장으로 향하게 되었다. 활기가 떨어졌고, 작은 일에도 예민하게 반응하다 쉽게 우울감을 느끼고는 했다. 특히 아이를 키우면서 더 실감했다. 평소에는 아이가 원하는 만큼 신나게 놀아주었지만, 체력이 바닥난 날이면 아이가 늦게까지 깨어 있다는 이유만으로도 쉽게 짜증이 났다.

꾸준히 운동하는 습관을 지키며 30대 후반이 된 지금, 또래 친구들과 비교해도 튼튼함으로는 지지 않는다. 체력도 충분히 올라와 있고 마음도 단단하다. 이전에는 고작 1분만 달려도 버거워했었는데, 이제는 20분을 쉬지 않고 거뜬히 뛸 수 있게 되었다. 또 참고 견디면 뭐든 해 낼 수 있다는 것을 알게 되었다. 처음 운동을 시작했을 때는 맨몸 스쿼트 100개도 어려웠지만, 지금은 1000개를 쉬지 않고 할 수 있게 되면서 성취의 기쁨도 맛보았다.

힘든 고비를 넘기고 성취감을 느끼는 과정이 반복되면 더 큰 목표에 도전할 수 있는 자신감이 생긴다. 이런 세상의 이치를 운동으로 깨닫게 되었다. 지금은 스무 살 겨울에 운동을 시작했던 나 자신이 매 순간 대견스럽다. 평생 잘한 일 중 하나를 꼽으라고 하면 망설임 없이 운동이라고 말한다.

내 힘으로 무언가를 이루고 싶지만 뭘 해야 좋을지 망설이고 있다면 지금 바로 운동부터 시작해 보자. 세상에 어떤 일이든 다 장점과 단점이 있겠지만 운동만큼은 단점이 하나도 없다. 꾸준히 운동하면 운동을 하기 전보다 한 발짝 더 나아간 자신을 만날 수 있을 것이다.

달려라 하니는 왜 그렇게 달렸을까?

어렸을 때는 만화영화를 아주 좋아했다. 「둘리」 「영심이」 「톰과 제리」 「달려라 하니」…. 그중에서도 「달려라 하니」 에 푹 빠졌다. 카랑카랑하던 하니 목소리는 지금도 귀에 생생하다. 나에게는 아빠가 없고, 하니에게는 엄마가 없 다는 공통점이 있어서 더 몰입해서 봤는지도 모르겠다.

하니를 볼 때마다 늘 궁금했다.
'하니는 왜 그렇게 달렸던 걸까?'

'왜 엄마가 보고 싶을 때마다 달린다고 하는 거지?'

시간이 지나면서 하니의 마음을 조금씩 이해하게 되었다. 달리다 보면 무겁고 슬픈 마음이 희미해지고 언젠가는 엄마를 만날 수 있다는 희망이 생겼겠지. 하니는 달리기로 스스로를 달랬던 것이다.

나에게도 그런 날이 있었다. 사랑하는 사람과의 관계가 마음대로 되지 않아 눈물이 나는 날. 완벽하게 잘해보고 싶었던 일이 하나씩 어긋나서 지치는 날. 쉼 없이 앞만 보고 일해도 여전히 긴 터널 안에 있는 것처럼 느껴지는 날. 답답함에 펑펑 울고 싶은 날. 그때마다 나는 러닝머신 위에서 달렸다. 심장이 터질 듯이 달리고 나면 그전까지 가지고 있던 고민이 옅어졌고 기분도 나아졌다.

그 전에는 "왜 나한테만 이런 일이 벌어지지?" 하며 좌절했다면, 땀을 뻘뻘 흘리며 달리고 난 다음에는 나에게 던지는 질문이 바뀌었다.

"내가 뭘 놓치고 있었을까?"

"일단 뭐부터 해볼까?"

과학 저널리스트 캐럴라인 윌리엄스는 『움직임의 뇌 과학』이라는 책에서 실제로 걷기와 달리기가 정신건강에 도움이 된다고 이야기한다. 심리학자들에 의하면 신체를 움직이는 행동은 사고방식에도 영향을 미친다고 한다. 몸을 움직여서 앞으로 나아가면 과거를 더 이전처럼 느낄 수 있게 된다는 것이다.

우울증은 여러 가지 복합적인 요인으로 발병하지만 과거 회상에 지나치게 많은 시간을 쓰는 것도 주된 원인이자 결과 중 하나라고 책에서는 말하고 있다. 이전에 했던 말이나 행동, 경험했던 사건을 과도하게 분석하다 보면 점점 더 낙담하게 되는 악순환이 반복된다. **이때 물리적으로 앞으로 나아가는 행동만 해도 과거의 나쁜 일에서 멀어진 것처럼 느끼게 되어 악순환을 끊을 수 있다는 것이다.**

몸을 원하는 방향으로 움직이면 자신의 존재를 직접적으로 느낄 수 있고, 원하는 곳으로 갈 수 있다는 확신이 든다. 그 과정에서 스트레스 호르몬인 코티솔 수치가 줄어들어 항우울제를 복용한 것과 같은 효과를 얻을 수 있다.

한참 달리기에 푹 빠져 있을 무렵, 3킬로미터를 달리거나 20분을 꽉 채워 달리고 나면 꼭 그만큼 우울감에서 멀어진 느낌이 들었다. 누군가에게 보여주기 위해 달리는 게 아니라 그저 나 자신을 위해서 뛰며 위로를 받았다. 턱끝까지 숨이 차고 힘들었지만 그래도 저 앞까지만 달려보자고 혼자 약속했다. 눈앞에 있는 가까운 목표를 달성하면서 점점 뭐든지 해낼 수 있을 것 같다는 자신감도 생겼다. 꾸준히 달리면서 생겨난 마음의 변화다.

그때부터 나는 새벽마다 근력운동을 한 다음 짧게는 10분에서 길게는 30분 정도를 달린다. 심장이 터질 것처럼 뛰고 난 뒤, 땀범벅인 채로 막 내린 아이스커피를 한 잔 마시면 그것보다 짜릿한 일이 없다.

힘들고 우울한 마음이 든다면 일단 달리는 것부터 해보자. 지금 겪는 문제에서 조금 더 멀어진 자신을 만날 수 있을 것이다.

화살은 당겨야만 쏠 수 있다

스물한 살의 어느 날, 길을 걷다 우연히 제복을 입은 경찰 한 무리와 마주친 적이 있다. 뭔가에 홀린 것처럼 눈을 떼지 못하고 바라보는데 내 앞으로 군기가 바짝 든 경찰 한 명이 지나갔다. 그녀 뒤로 후광이 비쳐 보였다. 그 순간, 될 수만 있다면 나도 같은 제복을 입는 경찰이 되고 싶었다.

하지만 곧 고개를 내저었다.

'에이, 내가 무슨 경찰이야. 제복 입은 모습이 멋져서 경찰이 되고 싶다니 이게 무슨 생뚱맞은 소리냐고.'

잠깐 스쳐 지나간 꿈이라 여기고 금방 잊어버렸다.

그때의 강렬한 기억이 채 가시기도 전에, 경찰을 소재로 한 드라마를 보게 되었다. 잊고 있었던 경찰에 대한 꿈이 새록새록 떠올랐다.

'한번 시도라도 해볼까? 경찰이 되려면 경찰대학에 입학해야 하나?'

더는 망설이고 싶지 않아 본격적으로 경찰이 되기 위해서 필요한 것을 알아보았고, 곧 서울 노량진과 대방동에 경찰 공무원 학원이 있다는 사실을 알게 됐다.

바로 엄마에게 말했다. 훌륭한 경찰이 돼서 돌아오겠다고. 엄마는 하고 싶다면 도전해 보라고 흔쾌히 허락해 주셨다. 서울에 올라가서 다니고 싶은 학원을 알아봤다. 경찰이 되기 위해 공부하는 사람들을 보니 더 자극을 받았다. 고등학교 1학년 때처럼 누가 시키지 않아도 열심히 공부할 수 있을 것 같았다. 부푼 마음을 안고 학원 근처의 고시텔을 계약한 뒤 서울로 올라왔다. 그때의 나는 멋진 경찰이 된 내 모습을 한순간도 상상하지 않은 적이 없었다. 매일 새벽 4시면 불도 켜지지 않은 캄캄한 학원 앞에 1등으로 서서 문이 열리기만을 기다렸다. 교수님 강단 바로 앞자리는 늘 나의 지정석이었다. 적성에 맞았는지 성적도 잘 나왔고, 공부도 재미있었다.

그렇게 공부에 매진하던 중 청천벽력 같은 소식을 들었다. 엄마가 암 진단을 받았단다. 아직 시험이 끝나려면 한참 멀었고, 학원에서 배워야 할 공부도 많았지만 현실적으로 엄마를 옆에서 돌볼 수 있는 사람은 나밖에 없었다. 어쩔 수 없이 엄마를 병간호하기 위해 여수로 내려왔다. 서울에서의 생활을 정리하고 집으로 돌아가더라도 공부하던 습관을 유지하면서 엄마를 간병하려는 생각이었다. 하지만 생각만큼 쉽지 않았다. 주변에 공부하는 사람이 없으니까 정보력도 떨어지고, 이 악물고 지켰던 공부 패턴도 금방 깨졌다. 또 수술을 앞둔 엄마에게 마음이 쏠려 있어서 다른 일에 집중할 수 없었다.

결국 자의 반 타의 반으로 경찰 공무원의 꿈을 내려놓게 되었다. 고등학교를 자퇴하면서 학교 공부를 포기했었는데, 이번에는 원하는 공부에 몰두할 수 없는 상황이 벌어진 것이다.

'왜 나한테만 이런 일이 일어나지?'
처음에는 억울했다. 이제야 겨우 하고 싶은 일을 찾았는데, 내 의지와 상관없이 포기해야 하니까. 한편으로는 이런 상황에서 억울함부터 느끼는 내가 너무 나약해서 진절머리가 났다. 컴퓨터를 포맷하듯이 내 삶도 아예포맷해 버리고 모든 것을 다시 시작하고 싶었다.

며칠을 고민하다가 억울해한다고 해결될 일은 아니니 나중에 시간이 지나면 무엇을 가장 후회할지부터 생각해 봤다. 공부를 다 끝마치지 못한 걸 후회할지, 아픈엄마 곁에서 최선을 다하지 못한 걸 후회할지…. 차분하게 마음을 들여다보니 나에게는 무엇보다 엄마가 건강을 되찾기 바라는 마음이 가장 컸다. 이렇게 된 이상, 다른 생각은 하지 않고 큰딸 노릇을 제대로 하기로 했다. 엄마를 위해서 좋다는 음식들을 공수했고, 그 전에는 쑥스러워서 나누지 못했던 속마음도 조금씩 꺼냈다. 힘든 상황에도 엄마 얼굴을 보고 많이 웃으려고 했다. 내가 건강해야 엄마를 돌볼 수 있을 테니 운동도 더 열심히 했다.

수술 날짜가 다가오자 엄마는 대학병원에 입원했다. 나는 보호자가 되어 엄마 곁에 있었다. 수술방에 들어가기 전에 침대에 누워 있는 엄마의 모습은 너무나 작아 보였다. 내가 아는 엄마는 항상 강하고 단단한 사람이었는데…. 엄마가 나를 키워주었으니 이제는 내가 엄마를 보살필 차례라고 굳게 생각했지만, 막상 엄마의 약한 모습을 처음으로 마주하니 눈물이 펑펑 나고 말았다.

다행히도 초기에 발견한 암이었고 수술이 정말 잘돼서 엄마는 금세 회복할 수 있었다. 엄마와 같이 병원에서 생활하던 몇 주간은 지금도 잊을 수 없다. 삼시 세끼를 같이 먹고, 딱 붙어서 서로를 챙기며 시간을 보냈다.

여수로 다시 내려오지 않았더라면 그 모든 시간을 엄마와 함께하지 못했을 것이다. 따뜻하고 속 깊은 이야기를 나눌 수도 없었을 테고, 서로를 챙기며 마음의 위로를 받지도 못했을 것이다.

화살을 쏘기 위해서는 반드시 뒤로 당겨야 합니다.
삶이 당신을 고난으로 끌고 가는 것 또한
당신을 더 멋진 일로 보내주기 위함입니다.
그러니 집중하고 조준을 멈추지 마세요.

파울로 코엘료가 했다고 알려진 말이다. 화살은 활시위를 뒤로 최대한 당겨야 가장 멀리 날릴 수 있고, 공은 높은 곳에서 떨어뜨릴수록 더 높이 튀어 오를 수 있다.

삶이라는 그래프에서 우리는 삶이 계속 상승대각선

을 그리기를 바란다. 하지만 바람과는 달리 그래프가 아래로 우당탕 곤두박질칠 때도 있다. 그 시간은 전혀 무의미하지 않다. 뒤로 바짝 당긴 활시위와 높은 곳에서 떨어지는 공처럼 반동과 도약의 시간이 되어주고 다음 구간에서 상승할 원동력이 되어준다. 그렇기에 우리의 삶은 기울어진 M자처럼 상승과 하락을 반복하며 흘러가는 것이다.

삶에서 큰 역경과 실패를 맞닥뜨리게 된다면 둘 중 하나만 선택하면 된다. 그대로 좌절하고 무너지거나, 아니면 쭈욱 당겨진 활시위에 몸을 실어서 더 멀리 날아가거나.

예전에는 실패가 두려웠다. 고통을 겪고 싶지 않았고, 어려운 길로 가고 싶지 않았다. 하지만 지금은 힘든 일이 들이닥치면 이렇게 생각한다.

'더 멀리 날아가려고 활시위를 당기는 중이구나.'
'더 높이 튀어 오르려고 반동을 주는 중이구나.'

실패하더라도 항상 배우고 얻는 것이 있다. 경찰 공무원의 꿈을 포기하는 대신 무엇과도 바꿀 수 없는 엄마와의 소중한 시간을 얻은 것처럼, 엄마 병간호를 위해 열심히 운동한 덕분에 피트니스 선수가 될 수 있었던 것처럼. 그래서 이제는 실패가 두렵지 않다.

나에게만 찾아오는 실패나 역경은 없다. 앞으로 나아가고자 하는 모든 사람에게 다 찾아오게 되어 있다. 그때 포기하지만 않는다면, 결국 삶은 계속 상승 곡선을 그리며 나아갈 것이다.

화살은 뒤로 당겨야만
앞으로 멀리 날아갈 수 있다!

상냥함은 탄수화물에서 온다

피트니스 선수로 활동하며 대회를 준비할 때의 일이다. 대회를 앞둔 선수의 하루 일과는 운동과 식사를 중심으로 돌아간다. 오전과 오후, 두 번에 나눠서 네다섯 시간씩 고강도로 운동을 하고, 세 시간에 한 번씩 양질의 탄수화물과 단백질, 그리고 채소로 구성된 식사를 한다.

식사를 자주 하니 견딜 만하다고 생각할 수도 있지만, 한 끼 식사는 닭가슴살과 현미밥 혹은 고구마, 채소,

약간의 견과류 등으로만 이루어져 있다. 염분이나 당분이 일절 들어 있지 않고 필요한 칼로리만 딱 섭취할 수 있어 대회를 준비할 때면 하루 종일 배가 고프고 식욕이 강해지기 마련이다.

특히 탄수화물을 극도로 제한하며 운동으로 에너지를 소진하니 실시간으로 점점 더 예민해지는 나를 마주할 수 있었다. 누군가 작고 소중한 고구마나 얼마 안 되는 현미밥에 손이라도 대는 날이면 머리끝까지 화가 나서 참을 수 없을 정도였으니까.

하지만 대회가 끝나고 엄격한 식단으로부터 자유로워지자 언제 그랬냐는 듯이 너그러운 성격으로 돌아오게 되었다. 누군가의 썰렁한 농담에도 웃음이 났다. 내 음식을 탐내는 사람에게는 오히려 접시를 공유할 정도였다. 그때 알게 되었다. 잘 챙겨 먹는 일이 온화한 태도와 직결된다는 것을.

우리의 에너지는 한정적이다. 배가 고픈 상태가 오래 지속되거나 극심한 스트레스를 받으면 더 빨리 에너지가 고갈된다. 피로가 쌓이고 에너지가 없는데 어떻게 상냥하고 따뜻한 마음을 유지할 수 있을까? 공부할 때, 일할 때, 특히 사람을 상대해야 하는 일을 할 때 잘 챙겨 먹어야 하는 이유다.

육아할 때도 마찬가지다. 아이를 돌보며 반복되는 일상을 보내면 피로가 누적되어 예민해지기 쉽다. 식사를 든든히 한 뒤에는 아이가 잘못된 행동을 해도 한 번 타이르고 넘어가는데, 어쩌다 끼니를 대충 때워 에너지가 없을 때면 같은 행동에 화를 내는 일이 생기기도 한다. 아이에게 일관된 모습을 보여주기 위해서는 식사를 거르지 않는 것이 가장 중요하다.

지금은 선수 생활을 하지 않으니 이전처럼 식단 관리를 엄격하게 하지 않는다. 대신 먹고 싶은 것을 일정한 시간에 먹는다. 항상 같은 시간에 에너지를 채워주는 것이다. 그래서일까? 종종 구독자들에게 질문을 받는다.

"언니는 어떻게 항상 밝고 온화한 모습일 수 있어요?"

"언니도 화를 내나요?"

그때마다 나는 이야기한다. 내가 감정 조절을 잘하고 차분한 것은 스스로를 절대 배고픈 상태로 내버려 두지 않기 때문이라고.

2021년, 이혼이라는 시련을 겪으면서 새로운 영상 콘텐츠를 제작할 수 없을 정도로 힘든 시간을 보냈다. 그때 많은 구독자분들이 응원을 보내주었다.

"언니, 그래도 맛있는 거 먹으면서 힘내요!"

"언니가 좋아하는 치킨이랑 빵 먹고 조금이라도 더 웃어요!"

모두 나를 염려해서, 맛있는 음식을 먹고 힘내라는 따뜻한 메시지를 건넸다. 그중에서도 특히 정신이 번쩍 드는 말이 있었다.

"언니가 해줬던 말이 생각나요. '인생에서 성공하는 비결 중 하나는, 좋아하는 음식을 먹고 힘내 싸우는 것이다'라는 말을 해줬잖아요."

이전에 구독자들에게 건넸던 소설가 마크 트웨인의 말이었는데, 그사이 까맣게 잊고 있었다. 상냥한 태도를 유지하고 스스로에게도 너그러워지는 비결은 단순하다. 맛있는 음식을 먹고 힘내서 앞으로 나아가는 것. 마음만 먹으면 누구나 할 수 있는 일이다.

어떤 사람에게 음식은 그저 배고픔을 달래는 수단일지 모른다. 하지만 사실 음식에는 그 이상의 의미가 담겨 있다. 유독 주변에 날선 태도를 보이게 되거나 자기 자신에게 모질게 굴게 될 때면 에너지가 부족하지는 않은지 점검해 보자. 상냥함은 탄수화물에서 온다.

시련의 꽃말은 터닝 포인트

2023년은 '먹방'을 시작한 지 약 8년이 되는 해다. 지금은 많은 구독자분에게 사랑받으며 좋은 콘텐츠로 보답하는 유튜버가 되었지만, 처음 영상을 찍기 시작할 때만 해도 이렇게 되리라고는 상상하지 못했다.

경찰이 되고 싶다는 꿈을 접고 엄마를 돌보기 위해서 여수로 돌아왔을 때는 많이 아쉬웠다. 어느 누구도 원망하려 하지 않았지만, 그것과 별개로 한번 좌절한 마음은 쉽게 회복되지 않았다.

답답한 상황에서 벗어나기 위해 운동을 다시 시작했
다. 공부하는 동안 잠시 소홀했던 만큼, 공백기를 채우기
위해 이전보다 더 열정적으로 매진했다. 그러자 같이 운
동하던 지인들이 피트니스 대회를 준비하면 어떻겠냐고
권유했다. 지금이야 피트니스 대회에 출전하거나 보디
프로필을 촬영하는 사람들을 주변에서 자주 볼 수 있지
만, 10여 년 전만 해도 흔한 일은 아니었다. 보디빌딩이
라고 하면 우락부락한 근육질의 몸을 제일 먼저 떠올리
던 시기였으니까. 피트니스 대회, 비키니 대회가 하나둘
생겨나면서 우락부락한 근육질의 몸이 아닌 탄탄하고 슬
림한 몸을 만드는 선수들도 등장했다. 그런 선수들의 무
대를 보니 내가 그동안 운동해 왔던 것이 모두 이걸 위한
준비 단계였다고 느껴질 만큼 도전 욕구가 일었다.

목표가 생기니 열의가 생겼다. 이왕 시작한 거 제대
로 해내고 싶었다. 후회 없을 만큼 열심히 준비해서 '미

스터 & 미스 코리아'라는 큰 대회에 나갔고, 당당히 3등
으로 입상했다. 대회 준비를 어찌나 혹독하게 했던지, 그
때를 생각하면 다시는 못할 거 같다. 무엇보다도 극단적
으로 식단을 관리해야 하니 먹는 것을 워낙 좋아하는 나
는 식욕을 참는 것이 가장 힘들었다.

선수 생활을 마친 뒤로는 그동안 쌓아온 경력과 자
격증을 토대로 헬스 트레이너라는 직업을 찾았다. 먹는
행복도, 운동하는 즐거움도 놓칠 수 없는 나에게 무엇보
다 잘 맞는 직업이었다.

사실 나는 고깃집을 가면 혼자서 고기 10인분을 거
뜬히 해치우고 후식으로 냉면과 된장찌개에 밥을 먹을
정도로 먹성이 좋았다. 그런 나를 주변에서는 항상 신기
한 눈으로 바라보곤 했다. 운동으로 다져진 탄탄한 몸을
가졌으면서도 예상한 것보다 훨씬 더 많이 먹다 보니 어
느 식당을 가도 직원들이 나와서 신기해할 정도였다. 마
침 '먹방'이라는 콘텐츠가 막 인기를 얻기 시작할 때였

고, 주변에서는 인터넷 방송 플랫폼에서 생방송을 해보면 어떻겠냐며 권유했다. 재밌을 것 같아서 가볍게 해보고 싶은 마음이 들었고, 그렇게 덜컥 아프리카TV 플랫폼을 통해 음식을 먹는 생방송을 시작했다. 운동과 음식을 둘 다 좋아하는 모습이 먹방 콘텐츠에 잘 맞았는지, 당시에도 많은 팬들에게 응원을 받았다.

아쉽게도 결혼을 하면서 생방송을 진행하기 어려운 상황이 되어 하는 수 없이 기약 없는 휴식기에 들어갔다. 예전에 업로드한 영상들 몇 개는 인터넷에 그대로 남아 있었는데, 몇몇 분들은 그 영상을 잊지 않고 찾아주며 다시 활동하기를 기다려주었다. 언젠간 돌아올 거라고 막연하게 믿었나 보다.

아이가 어린이집을 가고 여유가 생기면서 다시 나만의 일을 시작하고 싶었다. 아프리카TV의 기존 구독자들이 대부분 유튜브로 넘어갔다는 사실을 알게 된 후로는 유튜브 채널을 본격적으로 운영해 보고 싶은 마음이 커졌다. 큰맘 먹고 노트북과 카메라를 사서 무작정 영상을 촬영하고, 편집을 독학하며 첫 브이로그 영상을 올린 것이 지금의 「여수언니 정혜영」 채널의 시초다.

지금은 여수를 생각하면 나를 떠올려주는 분들이 많다. 운동도 꾸준히 하며 맛있는 음식을 먹고 행복해하는 모습이 좋아 보인다고 운동을 시작하는 분들도 있다. 어쩌면 여수, 운동, 먹는 행복이 나를 대표하는 이미지가 되었는지도 모르겠다.

'엄마가 아프지 않았다면 나는 정말 경찰 공무원이 될 수 있었을까?'

인생의 발자취를 훑어볼 때마다 던지는 질문이다. 노량진에서 여수로 내려오지 않았다면 지금쯤 나는 전혀 다른 삶을 살고 있었을지도 모르겠다. 하지만 여수로 돌아온 일은 내가 '여수언니'가 될 수 있도록, 인생을 가장 크게 바꿔 놓은 터닝 포인트가 되었다.

나는 시련에도 꽃말이 있다면, 그건 바로 '터닝 포인트'라고 생각한다. 그래서 지금은 시련이 다가오면 좌절하거나 주저앉는 대신 '내가 뭔가를 놓치고 있나?' 하고 차근차근 되짚어본다. 이전에는 하지 않았던, 혹은 포기해 버렸던 일은 무엇이 있는지, 새롭게 시작해야 할 일은 무엇인지 하나씩 찾아본다. 그러다 보면 탈출구가 어디에 있는지 점차 깨닫게 된다. 모든 문제가 말끔히 해결되지는 않아도 새로운 시도를 할 수 있는 계기가 된다. 살다 보면 분명 시련과 위기가 또 앞을 가로막겠지만, 지금 할 수 있는 일을 하나씩 찾아보면서 최선을 다해 새로운 곳으로 발을 내디뎌 볼 것이다. 그럴 때 내 인생의 또 다른 길이 열린다는 것을 지금은 잘 알고 있기 때문이다.

나는 나를 믿는다. 그냥 무조건 믿는다. 목표한 것은 모두 이뤄내고 또 다른 꿈을 꾸는 사람이라고 믿는다. 믿는 만큼 길이 보이는 게 인생이니까.

나의 재능이 뭔지 궁금할 때

눈에 띄는 재능을 가진 사람은 항상 대단해 보인다. 한번은 외국어를 특출나게 구사하는 사람이 부러워서 영어 공부를 하기로 결심했다.

'나도 한번 영어로 자유롭게 말해보자!'

평소에 좋아하던 미국 드라마 한 편을 통째로 외우면 자연스럽게 공부가 될 것 같아서 바로 시도했다. 하지만 생각만큼 잘되지 않았다. 즐겁게 드라마를 볼 때와는 달리 계속 자막에 집중하면서 억지로 외우려니 잘 외워지지 않았다. 반복적으로 봐도 머릿속에 남는 문장이나 단어는 별로 없었다. 재미있게 봤던 해외 드라마가 공부를 위한 수단이 되자 숙제나 일처럼 느껴졌다. 점점 의욕도 떨어졌다.

우리는 그림을 못 그리는 사람, 피아노를 잘 못 치는 사람, 축구나 농구를 잘 못하는 사람에게 "왜 그것도 못하냐"며 나무라지 않는다. 마찬가지로 영어도 단지 그런 재능 중 하나일 뿐인데, 못한다고 스트레스 받을 필요는 없겠다 싶었다. 그렇게 드라마 대사를 외우는 시간에 좋아하는 책을 한 권 더 읽기로 했다. 남이 가진 특별한 재능을 부러워하기보다, 나에게 있는 재능을 더 빛나게 해주자고 마음먹었다. 그러면서 어떤 것을 좋아하고 꾸준히 하고 있는지 돌이켜 봤다.

스물일곱 살 즈음의 일이다. 지금도 그렇지만 그때도 치킨을 정말 좋아했다. 세상에 존재하는 모든 치킨을 섭

렵하고 싶어서 한 달 동안 매일 치킨만 먹기로 정하고, 치킨을 다각도로 평가하는 파일도 만들었다. 맛, 향, 양념, 육즙, 익은 정도, 쫄깃함, 바삭함, 가격, 서비스, 또 사 먹을 의향이 있는지 등을 항목으로 만들어 별점을 매겼다. 특히 튀김옷이 얼마나 바삭한지가 중요했다.

'튀김이 바삭해서 프라이드치킨이 생각날 때면 꼭 시켜 먹을 치킨.'
'옛날 양념치킨을 연상하게 하는 맛. 달달한 양념이 매력적임.'
특별히 맛있었던 치킨은 이런 식으로 따로 메모를 덧붙였다.

갓 튀겨진 치킨을 먹겠다고 제법 먼 매장을 찾아가기도 하고, 배달 오는 동안 식으면 맛이 또 어떻게 달라지는지 비교하기도 했다. 그렇게 차곡차곡 혼자만의 '치킨 보고서'가 쌓여갔다. 어떻게 매일 치킨을 먹고 거기다 보고서까지 쓰느냐며 놀라는 친구도 있었다. 아무렴 어떠라. 나는 너무 재미있기만 한데. 잠자리에 들기 전이면 '내일은 또 어떤 치킨을 먹을까?' 하고 설레던 마음이 아직도 생생하다.

그때의 경험이 지금까지 이어져서 2023년의 나는 보고서를 쓰는 대신 카메라 앞에서 새로운 음식과 디저트를 맛보고 이야기를 나누고 있다. 10년 전에는 혼자 쓰던 보고서를 지금은 62만 명과 공유하는 셈이다. 꾸준히 새로운 음식을 찾고 맛을 평가하다 보니 노하우가 쌓여 다른 사람에게도 공유할 수 있게 되었다.

맛있는 음식을 먹으며 분석하고, 어떻게 하면 더 맛있게 먹을 수 있는지 이런저런 조합을 찾아보는 일. 그리고 그걸 다른 사람들과 공유하면서 큰 즐거움으로 여기는 태도. 누군가가 보면 웃을 수도 있겠지만 나는 이것을 나만의 재능이라 생각하고 반짝반짝 닦으며 간직해 왔다. 좋아하는 일을 꾸준히 지속하자 지금은 많은 사람에게 영향을 미치는 일로 발전할 수 있었다.

나에게 어떤 재능이 있는지 궁금할 때는, 누군가가 시키지도 않았는데 좋아서 꾸준히 하는 것을 살펴보자. 아직 그만큼 좋아하는 일이 없다면 다양한 취미를 경험해 보자. 여러 번 시도하다 뜻밖의 발견을 하게 되는 경우도 많다. 그림을 그려보기 전까지는 내가 그림을 잘 그리는지 알 수 없고, 음식을 만들어보기 전까지는 내가 음식을 잘하는지 알 수 없는 것처럼 뭐든 해봐야 안다. 유독 자신감이 붙고 좋아서 스스로 하게 되는 일들이 있을 것이다. 우리는 그걸 발견하기만 하면 된다. 나는 나를 알아봐 줘야 할 의무가 있으니까.

세상에서 가장 강력한 처방전

어렸을 때 부모님이 이혼하셔서 엄마 손에만 자랐다. 그래서 만약 내가 가정을 꾸린다면 어떤 일이 있어도 이혼은 하지 않으려 했다. 아이만큼은 나처럼 이혼 가정에서 자라지 않기를 바랐기 때문이었다. 아이에게 화목한 가정을 선물해주고 싶었지만 마음처럼 되지 않았다.

엄마가 행복해야 아이도 행복하다는 사실을 잘 알고 있었지만, 내 마음이 부서지더라도 가정을 지키려고 최대한 노력했다. 나의 행복만 바랐다면 그렇게까지 애쓰지는 않았을 것이다. 하지만 이미 부부 간의 신뢰는 돌이킬 수 없이 깨져 있었다. 혼자 가정을 지키려 노력하는 날이 늘어갈수록 불안감과 우울감은 커져만 갔다. 밥을 먹으려고 해도 모래알을 씹는 것 같았고 잠을 자려고 해도 도통 잠이 오지 않았다. 아이 얼굴만 봐도 한없이 눈물이 나서 미안한 마음에 어쩔 줄을 몰랐다. 사람을 만나는 게 두렵고 싫었다. 밖으로 나가는 방법을 알 수 없는, 어둡고 긴 터널에 갇혀 있는 것 같았다.

심장이 너무 뛰고 일상생활을 할 수 없을 정도로 불안해지는 증상이 나타나니 모든 것을 제쳐두고 병원부터 가야 했다. 상담과 진단을 거쳐 항불안제를 처방받았다. 의사 선생님은 2주 정도 약을 먹으면 요동치는 심장도 많이 가라앉을 거라고 했다. 그 이후로는 불안한 상황을 개선하려는 환자 본인의 노력과 의지도 중요하다고 이야기했다.

꾸준히 약물치료를 받으면서 빨리 여기서 벗어나겠다고 다짐했다. 삶이 무너지게 내버려 두고 싶지 않았다. 가만히 있으면서 나약하다고 스스로를 탓하지 않으려 했다. 나와 아이를 위해서도 빠르게 회복하고 싶었다.

당장이라도 튀어나올 것 같았던 심장은 항불안제 덕분에 점차 안정을 되찾았다. 가정이 깨질까 봐 두렵던 마음도 막상 이혼을 결심하자 오히려 평온해졌다. 앞으로 무엇을 해야 하는지 알 수 있었다. 그때부터 한 발짝씩 불안장애와 멀어지는 연습을 시작했다.

처음에는 의사 선생님의 도움을 받으면서 햇볕이 강한 시간에 정기적으로 산책했다. 산책할 여유가 없을 때면 베란다에서 햇볕을 쬐었다. 그다음에는 할 수 있는 일을 찾아서 작은 것부터 하나씩 해냈다. 금방 끝낼 수 있는 설거지나 청소를 시작으로 불안에 떠느라 미뤘던 일을 해치웠다.

운동도 다시 시작했다. 무엇보다 내 몸 하나 건사하는 일이 가장 중요할 테니까 꾸역꾸역 몸을 움직였다. 억지로 한 운동이 내 마음을 일으켜 세워준 것일까? 운동하는 날이 늘어나자 감정도 차분하게 다스릴 수 있게 되었다.

아무리 입맛이 없어도 끼니만큼은 거르지 않으려 했다. 건강하거나 좋아하는 음식으로 정해진 시간에 규칙적으로 배를 채웠다. 현미밥에 계란과 나물 반찬, 호밀빵에 닭고기나 소고기를 넣은 샐러드, 제철 과일에 그래놀라와 그릭요거트 등 건강식을 챙겨서 먹었다. 한식과 샐러드를 좋아해서 특별히 어려운 일은 아니었다.

힘겹게 견디던 시간이 지나고, 지금은 매 순간이 소중하고 행복하다. 다시 웃으며 밝은 모습으로 돌아오기까지 시간이 오래 걸릴 줄 알았는데 생각보다 빨리 회복할 수 있었다. 햇빛과 운동, 규칙적인 식사가 큰 도움이 되었다. 불안감과 우울감이 다시 찾아왔을 때 이 세 가지만 지켜도 금방 이겨낼 수 있겠다는 확신이 든다.

인간의 행복에 가장 큰 영향을 미치는 요인은 돈이나 명예 같은 사회적 성공도, 인간관계도 아닌, 바로 일조량과 활동량이다. 나는 경험으로 알게 되었지만, 이는 이미 널리 알려진 사실이다. 햇빛을 쬐는 시간이 줄어들면 마음 안정에 도움이 되는 호르몬인 세로토닌과 숙면 호르몬인 멜라토닌의 균형이 깨져 정서적으로 불안해진다고 한다. 햇빛이 줄어드는 가을과 겨울이 되면 계절성 우울증이 증가하는 것도, 햇빛이 강렬한 적도 근처에 사는 사람들이 극지방에 사는 사람들보다 낙천적인 태도를 유지하는 것도 이 때문이다.

미국의 인구 조사기관인 세계 인구 리뷰에 따르면, 일조량이 적은 핀란드는 세상에서 가장 행복한 나라임에도 핀란드 국민의 우울증 발병률은 전 세계에서 9위를 차지한다고 한다. 이처럼 일조량과 활동량은 행복에 절대적인 영향을 미친다.

한번 감기를 크게 앓아도 다음 해가 되면 또 감기에 걸릴 수 있는 것처럼, 마음의 병 또한 언제든 다시 찾아올 수 있다.

'왜 이렇게 우울할까.'

'나는 행복할 수 없는 사람인가 봐.'

이런 생각이 든다면 일단 햇볕을 쬐고, 운동을 해보자. 조금씩 신체를 움직이다 보면 마음에도 변화가 찾아온다. 마음과 달리 우리 몸은 스스로 움직일 수 있음을 잘 활용해야 한다. 그리고 식사를 거르지 말자. 이 세 가지만 지켜도 불안과 우울을 더 빠르게 털고 일어날 수 있을 것이다.

햇볕을 쬐고 운동을 하자.
몸을 움직이면
마음에도 변화가 찾아온다!

간단하게 자존감 높이는 방법

고려대한국어대사전에서는 '자존감'이라는 단어를 다음과 같이 정의하고 있다.

"스스로 품위를 지키고 자기를 존중하는 마음."

이와 같이 자존감은 오롯이 나 자신과의 관계에서만 비롯된다. 다른 사람이 대신 만들어줄 수 없다. 가령 타인이 나에게 부정적인 시선과 평가를 던졌을 때, 자존감이 단단한 사람은 이를 깊게 받아들이는 대신 '그렇게 생각할 수도 있겠지만, 내 생각은 달라.' 하고 가볍게 넘긴다. 그리고 스스로 사랑받을 가치가 있는 소중한 존재라고, 성과를 이룰 수 있는 유능한 사람이라고 믿는다.

최근에는 구독자들에게 자존감이 낮아져 힘들다는 메시지를 자주 받는다. 나 또한 이혼을 겪으며 자존감이 떨어졌는데, 이를 회복하기 위한 시행착오를 겪었다. 결과적으로 건강한 자존감을 세우는 데 큰 도움이 되었던 방법들을 몇 가지 소개해 본다.

첫째, 내가 좋아하는 것이 무엇인지 잘 알기.
자존감이 낮은 사람일수록 자신이 뭘 좋아하는지 모르는 경우가 많다. 그러니 자꾸만 타인의 기준에 연연한다. 이럴 때는 나 자신과 대화해 볼 필요가 있다. 최근에 어떤 일로 웃었는지, 좋아하는 음식은 무엇인지, 산을 좋아하는지 아니면 바다를 좋아하는지, 어떤 성격의 사람과 친해지고 어떤 여행을 선호하는지, 뭘 하고 있을 때 가장 행복한지….

　나를 가장 잘 아는 사람이자 내가 좋아하는 것을 위해 최선을 다해줄 수 있는 사람은 바로 나다. 끊임없이 나와 대화하며 스스로를 관찰해 보자. 눈과 귀를 다른 사람에게 돌려놓고 있었다면 이제는 스스로에게 집중해야 한다.

둘째, 무조건적으로 나 자신을 대접하기.

　나는 세상 누구보다 나를 가장 열심히 대접한다. 이기적이라고 생각하는 사람들도 있겠지만, 인생에서 1순위는 무조건 '나 자신'이다. 어쩌겠나. 나의 세상은 내가 없으면 돌아가지 않는데.

　나는 아이가 자는 새벽에 운동을 한다. 고요하고 어둑어둑한 새벽만큼은 온전히 나를 위한 시간이다. 예전에는 종종 아이가 잠에서 깨서 운동하고 있는 나에게 이것저것 해달라고 요구했다. 나는 당장 해줄 수 있는 것들은 해결해 주었지만 그렇지 못한 경우에는 아이를 타일

렀다.

"은채야, 지금은 엄마가 운동하는 시간이야. 끝날 때까지 기다려주면 그때 해줄게. 고마워."

그러고는 계속해서 운동에 집중했다. 이제 아이는 새벽에 일어나도 내 운동이 다 끝날 때까지 자기 할 일을 하며 기다린다. 새벽은 엄마가 운동하는 시간이라는 것을 알게 된 것이다.

물론 엄마이자 딸로서 해야 할 기본적인 일은 누구보다 열심히 하지만, 희생이라는 명목으로 나를 뒤로 제쳐 두지 않는다. 엄마가 행복해야 아이도 행복한 사람으로 자랄 수 있다는 것을 잘 알고 있기 때문이다. 내 하루는 나를 중심으로 돌아간다. 아이에게 해주는 모든 것은 공평하게 나에게도 해준다. 밥을 먹어도 예쁜 그릇에 먹고, 좋아하는 장소에 나를 데려가고, 열심히 운동을 시키고, 책을 읽어주고…. 그렇게 가장 사랑하는 사람에게 해줄 수 있는 모든 것을 나에게 해주고 있다.

셋째, 나를 무조건 지지해 줄 사람을 곁에 두기.

인간은 사회적인 동물이라 절대 혼자서 살아갈 수 없다. 다른 누군가와 관계를 맺고 교류하며 영향을 받고 성장하기 마련이다. 주변을 둘러보면 가족이나 친구 중에 나를 무조건 믿어주는 사람이 분명히 한 명은 있을 것이다. 내 감정을 공유할 수 있고 나를 믿고 이해해 줄 사람이 있다면, 그 관계를 통해 나에 대한 믿음이 더욱 단단해질 수 있다. 무조건적인 사랑과 지지, 정서적 지원은 어떤 어려움과 힘듦이 닥쳐도 이겨낼 수 있는 자신감을 준다.

넷째, 주변 사람들을 적극적으로 돕기.

내가 얼마나 괜찮은 사람인지 깨닫게 되는 방법 중 하나다. 작고 사소한 일로 주변 사람이나 가족을 자주 돕는 것이다. 거창하고 대단한 일일 필요도 없다. 엄마가 청소할 때 옆에서 거들거나 동생에게 맛있는 커피 한 잔 사주며 이야기를 들어주는 정도의 일이어도 좋다. 봉사 활동을 하거나 기부를 하는 것도 좋은 방법이다. 다른 사람을 도와주면 고맙다는 말을 듣는데, 그것만으로도 뿌듯하고, 내가 꽤 괜찮은 사람인 것 같다는 감정을 느낄 수 있다.

자존감은 하늘 높은 줄 모르고 치솟아만 있거나, 바닥이 어디인지 확인할 수 없을 만큼 아래로 푹 꺼져 있기만 하는 것이 아니다. 그러니 자존감이 높다고 자만할 필요도 없고 자존감이 떨어졌다고 주눅들 필요도 없다.

그저 한결같이 나와 잘 지내고, 누구보다 나를 사랑하고 아껴주려고 노력하자. 남을 살피기 전에 나를 먼저 살피고, 남의 의견을 귀담아듣기 전에 내 안에서 나오는 소리에 귀 기울이자. 외부의 어떤 평가에도 흔들리지 않는 단단한 자존감이 세워져 있을 것이다.

나는 여전히 나와 잘 지내기 위해 노력을 아끼지 않는다. 좋아하는 것을 찾기 위해 기꺼이 시간을 투자하고, 마음을 한 번 더 살펴서 보듬어준다. 나를 스스로 온전히 존중해 줄 때, 내 삶은 더 괜찮은 모습으로 나아간다는 것을 이제는 잘 알고 있으니까.

나를 만드는 요소 세 가지

한때 2PM의 준호에게 열광했다. 우연히 「우리집」이라
는 곡의 공연 영상을 보았는데, 유독 준호에게 눈길이 갔
었다. 그 후로 「우리집」 영상을 얼마나 많이 봤는지 모른
다. 러닝머신 위에서 뛸 때도, 설거지할 때도, 잠들기 직
전에도…. 그렇게 팬이 된 뒤로 다른 무대도 찾아보고 준
호가 나오는 드라마도 챙겨 봤지만, 역시 「우리집」 무대
위의 준호 모습이 가장 멋져 보였다.

멤버 여섯 명이 같은 안무를 하고 각자의 개성을 펼치며 한 무대 위에 서 있는데도 내 눈에는 준호만 보였다. 왜 하필 그 무대였을까? 준호는 「우리집」을 공연하는 멤버들 중에서도 가장 자신감이 넘쳐 보였다. 마치 이렇게 말하는 것 같았다.

'오늘은 내가 최고거든.'

'나한테 반할 수밖에 없어.'

그때 실감했다. 한 사람의 이미지를 만드는 요소에는 자신감 있는 태도가 반드시 포함된다고. 자신감이 넘치는 사람에게는 눈길이 한 번 더 가고, 퍼포먼스가 더 좋을 거라고 기대하게 된다. 더 신뢰가 간다. 반대로 옳은 말을 해도 자신감이 없고 축 처진 태도라면 신뢰받지 못할 수도 있다.

당당하고 자신감 있게 이야기하면 사람들이 더 신뢰하고 주목하는 경험을 하게 된다. 이런 경험을 반복하다 보면 점점 더 자신감이 붙는 선순환이 일어난다. 근거 없는 자신감이라도 꼭 필요한 이유가 여기에 있다.

나는 일 때문에 처음 만나는 사람들과의 미팅이 잦다. 나를 모르는 사람들과 만나 내가 어떤 사람인지 확신과 믿음을 줘야 하는 상황과 마주한다. 그런 순간마다 가장 먼저 하는 것은 내 어깨에 자신감을 잔뜩 실어주는 일이다. 등은 곧게 펴고 부드럽게 웃으며, 조곤조곤하지만 당당한 말투로 하고 싶은 이야기를 한다. 그러면 어느 순간 다들 내 이야기를 경청하고 관심을 가지며 질문을 던지기도 한다. 자신감과 확신 없이 이야기했더라면 아무도 내 이야기에 귀를 기울여 주지 않았을 것이다. 내가 이루고 싶은 일을 위해서라도 나를 믿으며 당당한 태도를 유지하고 있다.

자신감 외에, 이미지를 만드는 또 다른 요소로는 말투가 있다. 따뜻하고 상냥한 태도나 다른 사람을 전혀 배려하지 않는 이기적인 태도는 은연중에 말투에서 묻어나기 마련이다. 만약 의도하지 않은 말투로 항상 오해를 샀다면, 연습으로 충분히 바꿀 수 있다. 배우들이 역할에 따라서 말투나 목소리 톤을 바꾸듯이 말이다.

나는 조금 낮은 목소리로 나긋나긋하게 이야기하는 편이다. 그러다 보니 내 목소리가 담긴 영상을 틀어놓으면 잠이 잘 온다는 구독자도 많다. 일상생활에서는 상황에 따라서 목소리 톤이 더 높아지거나 빨리 말할 때도 있다. 특히나 좋아하는 것에 대해서 이야기할 때는 흥분된 어조로 말을 더듬기도 하고 사투리가 마구마구 튀어나오기도 한다. 하지만 의식적으로 연습하다 보면 말투는 쉽게 바꿀 수 있다는 것을 알게 되었다.

원하는 말투가 있다면 적극적으로 연습해 사람들과 대화할 때 사용해 보자. 개성을 표현하면서도 호감을 주는 이미지를 만들 수 있다.

태도와 말투 외에도, 나는 냄새 또한 한 사람의 이미지를 구성하는 중요한 요소 중 하나라고 생각한다. 문득 익숙한 냄새를 맡았을 때, 특정한 장소나 그리운 추억이 되살아나는 경험은 다들 한 번쯤 해봤을 것이다. 마찬가지로 사람에게서 나는 냄새 또한 그 사람을 떠올리게 되는 데 중요한 역할을 한다. 독일의 후각 심리학자 베티나 파우제는 향기와 인간관계는 상당히 밀접한 관계가 있다고 말한다. 좋은 향기가 나는 상대와만 친밀해질 수 있다는 것이다.

그래서 그럴까. 예전에는 이상형이 '향기가 나는 사람'이었다. 지나가다가 좋은 향수 냄새를 맡으면 그게 무슨 향수인지 어떻게든 알아냈고, 남자 향수여도 사서 뿌리고 다녔다. 지금도 여전히 나만의 향기를 갖고 싶어서 내게 맞는 향수를 찾고 있다.

이렇게 태도와 말투, 냄새라는 세 가지 요소를 잘 조합하면 내가 원하는 나의 모습을 만들 수 있다. **다른 사람을 위해서가 아니라, 내가 나를 더 좋아할 수 있도록 나를 더 특별한 사람으로 만들어보자.** 괜찮은 사람을 보면 한 번 더 눈길이 가고 좋아하게 되는 것처럼 스스로를 더 사랑하기 위해 나만의 색깔을 입혀주는 것이다. 그런 의미로 오늘도 나는 거울 앞에서 태도와 말투, 냄새를 점검해 본다.

나를 사랑하는 일에는 제철이 없다

나는 제철 음식을 꼭 챙겨 먹는다. 매년 가을에는 전어를, 겨울에는 방어를 먹으러 간다. 여름에는 꼭 콩국수에 설탕을 팍팍 뿌려서 엄마가 만든 겉절이를 곁들여 먹는다. 봄에는 주꾸미를 챙겨 먹고, 냉장고에 딸기가 떨어지는 날이 없도록 구비해서 질리도록 먹는다. 같은 사과라도 품종에 따라 수확철이 모두 다르다. 늦여름에는 아오리가 나오고, 8월 말에서 9월에는 홍로를 맛볼 수 있다. 10월 말에서 11월 초에는 부사를 먹는다.

맛있는 음식은 늘 제철이 있다. 그래서 누군가는 봄을 더 사랑하기도 하고, 여름이나 가을, 겨울을 더 사랑하기도 한다. 하지만 자기 자신을 사랑하는 마음에는 제철이 없다. **10대, 20대, 30대, 40대…; 철에 따라 나 자신과 나눌 수 있는 사랑의 농도와 느낌이 다를 뿐, 평생에 걸쳐 나를 사랑해야 한다.**

10대의 나는 놀기를 좋아했지만 동시에 똑똑한 사람이 되고 싶기도 했다. 누가 시키지 않아도 혼자서 독서실을 다녔고 자는 시간 말고는 공부만 했다. 동시에 인간관계에서 상처 입는 일도 많았다. 고등학생 때 친구들에게 받은 상처를 스스로 회복하고 안아줘야 했다. 나는 내가 따뜻한 둥지 안에서 보호받고 있다고 느낄 수 있도록 스스로를 아끼고 사랑해 주었다. 그래서 10대의 나는 나에게 아기 새를 보듬는 엄마 새와 같은 사랑을 주었다.

20대의 나는 드디어 새장 밖으로 나와 하늘을 날 수 있는 새 같았다. 하고 싶은 일이라면 다 시도하며 마음껏 먹고 마시고 놀았다. 스스로를 무조건 믿었고 뭐든 도전해도 괜찮다고 지지해 주었다. 운동을 시작했고, 정말 많은 치킨을 먹으며 온갖 술도 마셨다. 「히어로즈」, 「CSI」, 「브레이킹 배드」를 시작으로 해외 드라마도 빠짐없이 챙겨 봤고, 경찰 공무원 공부도 해보고, 피트니스 대회에도 나가보고⋯. 동물의 왕 사자가 아기 사자를 키워내는 것처럼 20대의 나는 나를 마음껏 풀어주고 응원했다.

30대의 나는 화려한 파티에서 돌아온 신데렐라 같았다. 구두를 잃어버리고 슬퍼한 신데렐라 말이다. 언젠가는 구두를 찾을 수 있으리라고 막연하게 기대하며 온 힘을 다해 하루하루 살아나갔다. 아이를 키우고 일에 집중하면서 30대의 나는 아기 펭귄을 돌보는 황제펭귄처럼 나 자신을 사랑하고 있다. 알을 낳은 엄마 펭귄이 몸에 영양을 비축하기 위해 바다로 떠나면 아빠 펭귄은 새끼가 부화할 때까지 두 달에서 네 달가량 알을 품는다고 한다. 수분을 섭취하기 위해서 먹는 눈 외에는 아무것도 먹지 않고 알을 꼭 품고 있는 것이다. 새끼가 부화하고 엄마 펭귄이 돌아오면 부모 펭귄은 번갈아서 바다로 나가 먹이를 모아온 뒤 새끼에게 먹인다. 나는 부모 황제펭귄이 새끼를 돌보는 것처럼 스스로를 그렇게 사랑하고 보호하고 돌봐주고 있다.

돌이켜보면 10대의 나와 했던 사랑을 바탕으로 20대의 나를 사랑할 수 있었고, 30대의 나에게 더 많은 사랑과 격려를 줄 수 있었다. 그래서 40대의 나를 위해 오늘도 나를 보살핀다. 나를 기분 좋게 해주고, 웃게 해주려고 노력한다.

나와 사랑을 나누는 일에는 제철이 없다. 다만 시기에 따라 스스로와 나눌 수 있는 사랑의 농도와 느낌이 다를 뿐이다. 앞으로도 내게 해줄 수 있는 것을 놓치지 않을 수 있도록 애쓰고 노력하려 한다. 그게 마흔 살의 나에게, 쉰 살의 나에게, 그리고 할머니가 되었을 나에게 줄 수 있는 가장 큰 선물일 테니까.

PART 3

건강한 관계를
피워내며

완벽보다 충분한
우리 사이

힘들다고 말할 용기

고등학생 때 자퇴를 선택하면서 처음으로 우울증이 찾아왔다. 당시에는 아무와도 마주치고 싶지 않았다. 아침에 일어나 등교할 생각만 해도 막막했다. 큰 사고가 나서 어쩔 수 없이 학교에 가지 않아도 되기를 바랐다. 어떻게 표현할 줄도 몰라서 혼자 끙끙 앓기만 했는데, 이런 상황을 엄마가 먼저 알아차리고 같이 병원에 가보자고 권유해 주셨다. 벌써 20년도 더 전의 일이다. 우울증으로 정신건강의학과에 방문하는 일이 생소할 때였지만, 엄마가

곁에서 나를 살피고 지켜본 덕분에 내 마음을 들여다 볼
수 있었다.

그 이후로는 우울증이 다시 찾아와도 무섭거나 두렵
지 않았다. 그저 왔다가 지나가는 감기 같은 존재라고 여
길 수 있게 되었다. 굳이 먼저 "나 우울증 때문에 힘들
어!"라고 주변에 떠벌리지는 않았지만, 그저 이야기할 상
황이 오면 내 상태를 있는 그대로 설명했다. 4~5년에 한
번씩 힘든 순간이 몰아쳐 올 때마다 주저앉아 슬퍼하는
대신 적극적으로 노력했다. 선생님과 상담하며 항우울제
의 도움을 받기도 하고, 엄마나 가까운 지인들에게 기대
기도 했다.

하지만 30대가 넘어가면서 나는 점점 혼자서 모든
감정을 해결하려 했다. 결혼과 출산을 겪으며 책임질 일
이 늘어날 때마다, 힘들어도 이 모든 것은 내가 선택했으
니 응당 짊어지고 가야 한다고 생각했다. 이혼의 위기가
왔을 때도 주변에 걱정을 끼치고 싶지 않아서 아무 말도

하지 않았다. 힘들다고 발버둥 치는 내 마음을 꾹꾹 삼키며 버틸수록 식도와 위가 화끈거리며 불타는 것 같았지만, 어떻게든 티 내지 않으려고 노력했다. 아무리 열심히 운동하고 잘 먹고 좋은 생각만 하려고 해도 힘든 것을 힘들다고 이야기하지 못하니 항상 답답했다. 수도꼭지가 터져서 물이 줄줄 흐르는데, 하염없이 바닥을 닦는 것만 같았다.

어느 날, 갑자기 세상의 모든 공기와 바람이 나를 억누르고 아주 작게 만들어서 없애버릴 것 같다는 생각이 들었다. 아무것도 할 수 없었다. 터질 듯이 뛰는 심장을 움켜잡고 가만히 앉아서 뼛속까지 불안을 느끼고 있을 수밖에 없었다. 그나마 엄마나 아이가 옆에 있으면 잠시 괜찮았지만, 혼자 있을 때면 내가 있는 곳이 지옥처럼 느껴졌다.

그제야 누군가에게 도움을 요청해야겠다는 생각이 번쩍 들었다. 엄마에게 힘들다고 목놓아 울며 이야기했다. 병원에 찾아가 선생님에게 내 감정과 상황을 필터 없이 다 털어놓고, 약을 처방받았다. 내 상태를 알게 된 가족들과 가까운 지인들은 진심으로 나를 걱정하고 응원해 주었다. 따뜻한 위로의 말과 진심 어린 포옹으로 고장난 듯이 뛰던 심장은 차츰차츰 안정되어 갔다.

엄마한테 터놓기 전까지만 해도 힘에 겨워 도움을 요청하는 것은 책임을 내팽개치고 무능을 인정하는 것 같았다. 하지만 힘들다고 느꼈을 때 바로 주변에 도움을 요청했어야 했다. 힘들 때 힘들다고 말할 수 있는 용기만 있었어도 나를 구석으로 몰아넣지 않았을 것이고, 증상도 더 심해지지 않았을 것이다.

가톨릭대 대학원 임상심리학과 연구팀이 감정과 신체적 증상의 상관관계를 조사한 연구가 있다. 분노나 슬픔 같은 부정적인 감정을 표현하지 않는 사람일수록 이유 없는 두통, 근육통, 소화불량과 같은 신체화 증상이 그렇지 않은 사람보다 뚜렷하다고 한다. 나의 상담 선생님도 이렇게 말했다.

"정신과의 많은 병은 어떻게 보면 화병이에요. 말을 하지 않아서 생기는 병이 많거든요. 화를 안으로 누르고 삭혀서 커지는 경우가 대부분이에요."

내가 가지고 있던 화병은 불안장애라는 또 다른 병을 키워냈다. 다치면 피가 나고 상처가 생기는 신체 부위와 다르게, 마음은 탈이 나도 눈에 바로 보이지 않는다. 힘든 마음을 어디에도 털어놓지 않고 혼자 참는 순간부터 더 큰 몸의 증상으로 돌아올 수 있다.

지금 처한 상황이 버겁게 느껴질 때, 혼자서 끙끙대지 말고 꼭 주변의 도움을 받자. 감정을 삼키는 대신 용기를 내어 겉으로 표현하자. 그리고 고등학생 때의 나에게 먼저 병원에 가자고 제안해 주었던 엄마처럼 힘들어 보이는 사람이 있다면 괜찮은지, 별일 없는지 안부를 건네보자. 힘들다고 용기 내어 말하는 사람에게는 짊어진 무게를 조금이라도 덜 수 있도록 손을 내밀어 주자.

모두가 서로를 조금씩만 더 살피면서 건강하게 지낼 수 있다면, 그보다 좋은 일이 또 있을까?

나는 죽기 전에 무얼 후회할까?

유치원 때 부모님이 이혼하셨다. 그 이후로 줄곧 아빠가 없다고 생각하며 살았다. 한집에서 같이 산 날이 얼마 되지 않았고, 교류도 없이 남처럼 살아왔던 터라 아빠가 없는 삶이 익숙했다.

어렸을 때는 엄마를 힘들게 하고 떠나버린 아빠가 너무 미웠다. 방학만 되면 엄마, 아빠 손을 한 쪽씩 잡고 놀이동산에 가는 친구들이 제일 부러웠다. 아빠가 떠나버린 탓에 내가 평범한 삶을 살지 못하게 되었다는 원망마저 생겼다. 엄마가 남동생과 나를 홀로 키우며 고생한 것이나 아빠와 친밀한 관계를 유지하는 친구들이 한없이 부러웠던 것도, 모두 아빠 탓이라고만 생각했다.

시간이 흐르고 아이를 낳고 키우면서 아빠를 향했던 미움이 점점 사그라들었다. 성인이 되고서는 아빠와 가끔 연락을 주고받았다. 어쩌다 한 번은 아빠가 보고 싶다는 생각마저 들었다.

아빠는 아이를 많이 보고 싶어 했다.
"은채는 잘 크고 있지? 보고 싶구나."
복잡한 마음에 특별히 답장은 하지 않았지만, 언젠가는 아이와 같이 아빠를 만나러 가야 한다는 생각이 마음 한구석에 있었다.

그러던 어느 날, 아빠가 당뇨병 합병증으로 발가락을 절단해야 한다는 소식을 들었다. 덜컥 겁이 나서 아빠에게 더 자주 안부를 묻기 시작했다. 아빠 건강이 회복되면 아이를 데리고 찾아가겠다고 약속했다. 그때 나는 유튜브 운영과 브랜드 론칭, 이사 준비로 눈코 뜰 새 없이 바쁘게 지냈다. 게다가 병원에서는 코로나 바이러스 감염을 예방하기 위해 보호자가 아닌 사람의 출입을 금지시켜서 아빠를 쉽게 찾아갈 수 있는 상황도 아니었다.

결국 아이와 함께 아빠를 만나지는 못했다. 발가락을 절단한 뒤에도 계속해서 합병증을 앓던 아빠는 갑작스럽게 증세가 위독해졌다고 했다. 소식을 듣고 엄마와 나는 급하게 병원으로 찾아갔다. 하지만 아빠는 나를 알아보지 못했다. 나뿐 아니라 어느 누구도 알아볼 수 없는 상태였다. 눈물이 앞을 가려서 아빠 얼굴을 제대로 볼 수 없었다.

열심히 살고 있는 딸이 이제야 아빠가 보고 싶어졌다고, 예쁜 손녀딸도 안 보고 그냥 가서는 안 된다고, 있는 힘껏 소리 내어 아빠에게 말하고 싶었지만 하염없이 눈물만 흘렀다.

내가 찾아가기를 기다리고 계셨다는 듯, 아빠는 다음 날 돌아가셨다. 며칠 동안 불쑥불쑥 눈물이 났다. 같이 산 세월이 얼마 되지 않고 얼굴도 몇 번 본 적 없어서 남남이라고 생각하면서 살아왔는데도. 아빠라는 존재의 무게가 그런 것일까? 하루에도 몇 번씩 후회가 파도처럼 몰려왔다. 아빠가 건강할 때 미리 만날걸. 아이 얼굴을 보여드릴걸. 열심히 살고 있다고 더 많이 얘기할걸….

"가엾다. 참 가여워."
우는 나를 달래주는 건 엄마였다.

'아빠는 그동안 행복했을까? 우리와 떨어져 산 것에 대한 후회는 없었을까? 나는 내일 당장 죽어도 여한이 없을 정도로 후회 없는 삶을 살고 있을까?'

아빠를 보내드리고 나니 삶에는 결국 끝이 있다는

사실이 더 현실적으로 와닿았다. 남처럼 교류 없이 살았지만 엄마와 매년 아빠의 기일을 챙기기로 했다. 납골당에 계신 아빠를 아이에게 소개해 주고 자주 찾아오자고 약속했다. 우리의 남은 삶에도 후회가 없기를 바라게 되었다.

그렇다면 나는 죽기 전에 무엇을 후회할까. 아마도 주변 사람을 더 많이 사랑하고 함께 더 많은 시간을 보냈어야 했다며 후회할 것 같다. **마음은 아낀다고 저축이 되는 것도 아닌데, 우리는 왜 소중한 이들에게 마음을 표현하는 데 인색할까?**

아주대학교 심리학과 김경일 교수님은 번아웃에 대해서 이렇게 말했다. "번아웃은 일을 많이 해서 온다기보다는 일만 해서 온다."

이 문장 앞에 서면 늘 나를 되돌아보게 된다. 아빠를 보내드리고 나니 더더욱. 죽음을 마주한다면 왜 그렇게 바쁘게 일에만 몰두했는지 후회할지도 모르겠다.

앞으로의 삶은 가족들과 더 많은 시간을 보내고 끊임없이 사랑을 표현하며 살고 싶다. 살아 있는 모든 순간이 후회 없는 행복으로 가득 찼으면 좋겠다. 마지막 순간까지 함께할 수 있어서 고마웠다며 기쁘게 고백하고 눈 감을 수 있으면 좋겠다. 오늘 밤에도 엄마와 아이에게 사랑한다고 이야기해야겠다.

맛동산도 음악을 들으며 태어난다

어렸을 때부터 지금까지 좋아하는 과자 목록에서 빠지지 않는 과자가 있다. 바로 맛동산이다. 요즘에도 종종 맛동산, 새우깡, 조청유과, 버터링, 죠리퐁, 홈런볼, 꼬깔콘 같은 추억이 담긴 과자를 한가득 쇼핑해서 하나씩 먹는데, 역시 맛동산에 손이 제일 많이 간다. 그러던 어느 날, 맛동산 포장지 뒷면에서 재미있는 사실을 발견했다.

맛동산이 만들어지는 과정

1. 밀가루 반죽 시 음악을 들려줍니다.

2. 먹기 좋게 커팅해 줍니다.

3. 좋은 기름으로 맛있게 튀겨줍니다.

4. 신선한 아몬드로 버무립니다.

'배 속에 있는 아이에게 태교 음악을 들려주듯이 맛동산도 반죽 상태에서 음악을 들려주는 건가?'

찾아보니 맛동산 반죽은 약 20시간 동안 음악을 들으며 발효과정을 거친다고 한다. 발효과정에서 음악을 들려주면 미생물의 활동량이 늘어나 공기층을 더 많이 만들기 때문에, 튀긴 후에도 부드러운 식감을 유지할 수 있다는 것이다. 서양의 클래식 음악보다 국악의 진동 파장이 더 커서 음악 발효 효과를 크게 볼 수 있다는 것도, 그래서 2010년대 이후로는 줄곧 국악을 들려주고 있다는 것도 재미있었다. 이렇게 음악을 들려주며 발효과정을 거치는 과자는 맛동산이 유일하다고 한다. 과연 맛동산이 꾸준히 사랑받고 있는 이유를 알 것도 같았다.

꽃이나 식물에게도 "예쁘다, 예쁘다" 하고 말을 걸어줄 때 더 잘 자라는 것 같다. 엄마는 늘 화분에 물을 주고 햇빛을 쬐어주면서 꼭 "오늘은 더 예쁘네" 하고 말을 건넨다. 아기 다루듯 어루만져 주기도 한다. 잠깐 시들시들하던 이파리도 사랑으로 보살피면 곧 생기를 머금는다.

과자도 좋은 음악을 들으며 태어나니 더 맛있어지고, 식물도 좋은 말을 들어서 생생하게 살아난다면 사람도 마찬가지 아닐까. 이런 사실을 알고 나니 나도 내 자신에게 좋은 말을 해주고 싶은 마음이 샘솟았다. 곧바로 매일 아침 거울을 볼 때마다 마법의 주문처럼 나에게 말을 건네봤다.

"와, 나 정말 괜찮은 사람이네!"

"오늘따라 더 멋져 보이는데!"

어느샌가 나의 예쁜 구석이 더 많이 보이고, 내가 더 괜찮은 사람처럼 느껴지기 시작했다.

종종 엄마에게 사진이라도 한 장 찍어드리려고 하는

데, 그럴 때마다 엄마는 불편해하셨다. 영상을 촬영할 때 카메라에 당신은 나오지 않게 찍어달라고 요청하시는 경우도 있었다.

"그냥 예전 같지 않은 모습이 한 번씩 싫더라."
하나씩 생기는 주름과 어딘지 모르게 나이 든 모습을 보면 예전 같지 않다는 느낌을 받으시나 보다. 하지만 그때마다 나는 엄마에게 이렇게 말한다.
"엄마. 엄마는 지금 그대로가 제일 이뻐. 어제보다 오늘이 더 이쁘고 오늘보다 내일이 더 아름다우셔. 이건 내가 딸이라서 그런 게 아니야. 그냥 원래부터 그랬어."

처음에는 낯간지럽게 생각하던 엄마도 내가 자꾸 이렇게 말하니 지금은 한 번 피식 웃으시고는 자연스럽게 사진을 찍어달라고 하신다. 그리고 정말 사진 속의 엄마는 누구보다 아름답다.

맛동산도 밀가루 상태일 때 음악을 들으며 태어나는

시대, 나도 나 스스로와 주변 사람들에게 좋은 말을 들려주는 것이 우리를 위해 해줄 수 있는 가장 손쉬운 방법이 아닌가 싶다. 적어도 맛동산보다는 귀한 대접을 받아도 되지 않을까? **서로 칭찬과 믿음을 아낌없이 주어서 맛동산 효과 좀 보자.** 오늘도 서로에게 무조건 사랑의 말을 건네고 칭찬하며 예뻐해 주자.

완벽보다 충분한 관계

내 별명은 월요일 요정이다. 월요일마다 유튜브 채널에 영상을 업로드해서 구독자들이 이렇게 별명을 붙여주었다. 그래서 마감을 눈앞에 둔 주말이면 항상 영상을 편집하느라 정신없이 바쁘다. 기다려주는 구독자들을 실망시키지 않으려고 주말에는 약속도 잘 잡지 않는다.

친한 친구의 생일을 앞둔 어느 날, 완벽하게 깜짝 파티를 해주고 싶은 욕심에 일요일에 약속을 잡았다. 무슨 일이 있어도 토요일까지 일을 마무리해 놓고 일요일에는 친구와 온전히 시간을 보내기로 했다. 내 생일이면 항상 이벤트를 해줬던 친구이기에 나 또한 최선을 다해 보답하고 싶었다.

'완벽하고 멋진 축하 파티를 열어줘야지. 분명 친구도 기뻐할 거야.'

친구를 기쁘게 하기 위해서 풍선이며 선물, 입맛에 맞는 케이크까지 준비했다. 함박웃음을 짓는 친구의 얼굴이 눈에 선했다. 빨리 좋은 시간을 보내고 싶어서 평소보다 더 압축적으로 일했다.

그래서였을까? 그 주 평일에 쌓였던 피로가 풀리지 않으면서 목과 어깨에 담이 왔고, 이틀간 병원을 다니게 되었다. 치료에 시간을 소요하느라 토요일까지 마무리하려고 했던 편집 일정이 뒤틀렸다. 주말이 지나자 목과 어깨는 괜찮아졌지만 그렇게 지나가 버린 시간 때문에 월요일까지 쉴 틈 없이 편집 작업을 해야 했다.

친구에게 전화했다. 원래 너를 위한 파티를 계획했지만 지금 상황이 이렇다고. 자초지종을 설명하며 속상하다고 털어놓자 친구는 오히려 나에게 큰소리를 쳤다.

"혜영아! 진짜 나 너무 서운해. 나는 네가 그날 보낸 생일 축하 메시지만으로도 이미 충분했어. 네가 왜 속상해하고 미안해하는 건데!"

"이번만큼은 너한테 완벽한 생일 이벤트를 해주고 싶어서…"

대답을 하고 나니 이 모든 것이 내 욕심이었다는 생각이 들었다. 굳이 깜짝 이벤트가 없어도 같이 생일을 축하하며 시간을 보내는 것만으로도 친구는 행복해했을 것이다. 우리는 줄곧 그런 사이였다. 거창한 생일파티가 없어도 함께 시간을 보내는 것만으로도 즐거웠는데, 왜 갑자기 완벽한 생일파티를 해주고 싶었던 걸까?

친구 입장은 생각하지 않고 내가 만족하기 위한 완

벽한 기준을 세웠기 때문이다. '완벽하다'와 '충분하다'를 혼동하고 있었던 것이다.

　두 단어의 사전적인 뜻은 전혀 다르다. '완벽하다'는 흠이 없는 구슬이라는 뜻으로, 결함이 없이 완전하다는 의미다. 그야말로 100퍼센트 무결해야 한다. 어느 하나 걸리는 부분이 있어서는 안 된다. 반면 '충분하다'는 모자람이 없이 넉넉하다는 뜻이다. 친구와 나의 우정은 항상 넉넉하고 모자라지 않아서 지금까지 관계를 잘 이어왔다. 우정을 완벽하게 증명하려고 애쓰지 않아도, 서로를 향한 마음이 충분함을 평소에도 느끼고 있었다.

　이번에 겪었던 생일파티 사건은 완벽을 추구하느라 잊고 있었던 나와 친구의 진심을 돌아보는 계기가 되었다. 상대방에게 완벽해지려고 하고 또 그만큼 상대방에게 완벽을 요구하기보단, 있는 그대로의 마음으로도 충분하다고 느끼는 일. 그게 인간관계를 기쁘게 오래 유지하기 위해 가장 중요한 일이 아닐까. 꾸준히 관계를 이어

165

가고 싶은 친구가 있다면, 한 걸음씩 함께 걸어가며 원하는 것을 찾고 맞춰가 보자. 동행하는 그 마음으로도 충분할 것이다.

함께하는 것만으로도
우린 충분해!

더하기보다 빼는 연습

좋아하는 사람이 생기면 그 사람을 위해서는 뭐든지 하게 된다. 예쁘게 보이고 싶어서 외모를 가꾸고, 그 사람이 어떤 행동을 좋아하는지 살피고, 그 사람이 좋아하는 음식을 같이 먹고, 취미나 관심사에도 관심을 갖는다. 조금씩 사랑이 싹트다 서로의 마음을 확인하고 연애를 시작하게 되면, 다른 누구보다도 상대방을 소중하게 여기며 알콩달콩한 시간을 보낸다.

그러다가 첫 싸움이 찾아온다. 아무리 연인이 좋아할 일을 열 가지 한다고 해도 싫어할 일을 한 가지 하는 순간 싸움이 시작되는 것이다. 중요한 순간에 연락이 잘 닿지 않거나, 만취할 정도로 술을 마시고 실수하거나…. 이때 상대방이 싫어하는 행동을 수긍하거나 이해하지 못한다면 싸움은 걷잡을 수 없이 커지기 마련이다.

연애를 예시로 들었지만, 이는 일반적인 인간관계에서도 마찬가지다. 독일의 지식인 롤프 도벨리는 『불행 피하기 기술』이라는 책에서 '하지 않아야 할 것'을 하지 않아야 삶에서 불행이 사라지고 풍성해진다고 말한다. 실제로 잘하려고 열 가지를 애쓰는 것보다 하지 말아야 할 한두 가지를 하지 않는 것이 좋은 관계를 유지하는 데 더 도움이 된다. 관계가 최악으로 치달아 다시는 안 볼 사이가 되는 것을 막아준다. 그러니 아끼는 사람과의 관계를 오래 유지하고 싶다면 그 사람이 뭘 좋아하는지 파악하기보다, 그 사람이 정말 싫어하는 게 무엇인지 파악하고 그것을 하지 않아야 한다.

이 외에도 인간관계를 원만하게 유지하기 위해 하지 않아야 하는 것이 하나 더 있다. 바로 상대방에게 준 것만 기억하는 것이다. 인간은 감정적인 동물이라 서운함이 점점 쌓이다 보면 그 감정을 숨기기가 어렵다. 이때 서운함은 내가 준 것을 돌려받지 못했다고 생각했을 때 발생한다. 상대방에게 뭔가를 주었으면 그에 대한 반응은 오로지 상대방의 몫이다. 당연하게 보답을 바라거나 요구할 수 있다고 여기게 되는 순간부터 부정적인 감정이 생기고 관계에 금이 가기 시작한다.

'매번 나만 선물을 주잖아?'

'지난번에 내가 밥을 샀으니 이번에는 당연히 얻어 먹을 차례 아닌가?'

이런 생각을 하면 상대방에게 많은 것을 기대하게 되고, 기대한 만큼 이뤄지지 않을 경우 멋대로 실망하게 된다. 관계가 악화되는 지름길이다.

반대로 내가 준 것보다 그들에게 받은 것만 기억하

면 섭섭함을 느끼는 순간은 적어지고, 관계에서 감사가 늘어난다. 결국 내 곁에는 뭐라도 하나 더 챙겨준 좋은 사람들만 남게 된다.

이와 같은 태도는 중국 후한의 유학자이자 문장가인 최원의 좌우명에서 배웠다.

"施人愼勿念, 受施愼勿忘(시인신물념, 수시신물망)."

다른 사람에게 베푼 것은 기억하지 말되, 다른 사람에게 받은 것은 잊어버리지 말라는 뜻이다. 이 방법으로 천하를 얻을 수는 없어도, 내 곁에 꼭 두고 싶은 사람을 얻을 수는 있다.

두 가지 태도를 유지해 온 덕분일까. 나는 인복이 많다. 위기의 순간에 도움의 손길을 내미는 사람들덕분에 지금까지 잘 살아올 수 있었다.

좋은 인간관계를 오래도록 유지하고 싶다면, 이 두 가지 빼기를 반드시 기억하자. 잘하려고 애쓰기보다 싫어하는 것을 하지 말고, 받은 것만 기억하고 준 것은 잊어버리는 것. 관계에서 더하는 것보다 빼는 것을 연습하면 소중한 사람들을 더 오래 곁에 둘 수 있다.

꼭 곁에 둬야 할 사람

어렸을 때는 혼자 알아서 컸다고 생각했다. 하지만 이제는 안다. 우리 엄마의 딸로 태어난 덕분에 여기까지 올 수 있었다는 것을. 이혼으로 힘들어할 때도 나를 일으켜 세워준 귀한 사람들이 있었다. 새로운 일을 시작할 때마다 알게 된 동료들 덕분에 삶이 확장되는 경험도 했다. 슬플 때, 우울할 때, 기쁠 때, 너무나 행복할 때도 순간순간 곁을 지켜준 인연들 덕분에 한 걸음씩 성장해 왔다.

그중에서도 특별히 삶 전반에 큰 영향을 주고 나를 더 나은 방향으로 이끌어준 사람들이 있다. 이런 사람들은 꼭 곁에 두면 좋지 않을까.

첫째, 뭐든지 도전하는 사람.

기분이나 마음은 금세 옮는다. 곁에서 누군가 계속해서 우울해하거나 슬픈 이야기만 늘어놓으면 같이 추욱 가라앉게 된다. 마찬가지로 새로운 도전이나 노력을 가볍게 여기거나 경시하는 사람이 곁에 있다면, 더 넓은 세상을 바라보지 않으려는 경향이 가랑비에 옷 젖듯 생기기 마련이다.

반면, 무슨 일이든 주저 없이 도전하는 사람이 곁에 있으면 진취적인 에너지가 전염된다. 뭐든지 도전하는 사람을 보면 나도 모르게 가슴 깊이 숨겨두었던 도전정신이 솟구치기도 한다. 올해, 내년, 몇 년 후의 모습을 그리며 계속 성장하고 나아가기 위해서라도 다양한 도전을 멈추지 않는 사람을 곁에 두자. 어느새 그 시도가 나에게도 전염되어 내 삶도 풍요롭게 만들어줄 것이다.

둘째, 이야기를 잘 들어주는 사람.

요즘은 원한다면 어디서나 자신의 이야기를 할 수 있다. SNS며 블로그는 기본이고 글을 꾸준히 연재할 수 있는 사이트도 있다. 어느 곳에 가도 이야기가 넘치고 어디서든 이야기를 발설할 수 있는 시대에 살고 있다. 그런데 정작 내가 힘들고 우울할 때 내 이야기를 아무런 거리낌 없이, 말을 뚝 자르지 않고 처음부터 끝까지 고스란히 들어줄 사람들은 얼마나 있을까?

힘든 이야기를 꺼내려 하면 "하, 그건 아무것도 아니야. 나는 며칠 전에 이런 일도 있었잖아!"라며 다짜고짜 자신의 이야기를 시작하거나, 웃음으로 넘어가 버리는 사람도 있다. "힘내, 짜샤. 세상에서 너만 힘든 거 아니다" 하고 공감하려는 시도조차 하지 않는 사람도 있다.

힘든 이야기뿐만이 아니다. 새롭게 도전하고 싶은 꿈

이 생겨서 희망에 찬 이야기를 던지면, 코웃음부터 치는 사람도 있다.

"네가? 너처럼 생각하면 세상 사람들 다 성공하지."

"그런 생각할 시간에 지금 하는 일이나 열심히 해!"

"시간 낭비했다고 후회나 하지 마."

고민이든 답답한 일이든 남몰래 간직한 꿈이든, 묵묵히 들어주는 사람이 필요한 순간이 있다. 가벼운 우울감이 있다면 누군가 온전히 들어주는 사람이 있는 것만으로도 어느 정도 해소된다. 삶의 무게감도 한결 줄어든다. 항상 고개를 끄덕여주거나 특별한 조언을 해주지 않아도, 그저 이야기를 잘 들어주는 사람 한 명쯤은 꼭 만나길 바란다.

셋째, 영감을 주는 롤 모델.

닮고 싶고 배우고 싶은 면을 가진 사람 또한 매우 중요하다. 종종 위기가 찾아올 때마다 '그 사람이라면 어떻게 대처했을까?' 하고 생각의 관점을 바꿔볼 수 있다. 많은 영감을 주는 롤 모델 덕분에 생각하지 못한 곳에서 동기부여를 받기도 한다.

나는 디저트 브랜드를 만들 때 글로벌 기업 '켈리델리'의 켈리 최 회장님을 롤 모델로 삼았다. 그분이 지키고 있는 루틴이나 그분에게 본받고 싶은 점을 메모해서 하나씩 따라 했다. 켈리 최 회장님이 추천하는 책을 읽고 참고하며 도움을 받기도 했다. 특히 어려운 시기를 빠르게 극복하는 방법이 와닿았다. 앞으로 어떻게 나아가야 할지 고민할 때마다 켈리 최 회장님의 사고방식을 떠올렸다.

롤 모델이 꼭 멀리 있을 필요는 없다. 내가 미처 하지 못하는 것들을 해내는 가까운 지인도 얼마든지 롤 모델이 될 수 있다. 좋은 점만 흡수하면 된다. 변화하고 성장하기 위해서는 내가 가진 생각의 틀을 깨야 하는데, 그 틀을 깨는 역할을 롤 모델이 해줄 수 있다.

넷째, 삶의 원동력이 되는 사람.

사랑을 주고받는 것은 생각만 해도 벅찬 일이다. 사랑에 빠져 길거리에 떨어진 나뭇잎조차도 아름다워 보이고, 뭘 먹어도 맛있게 느껴지는 경험은 모두 한 번쯤 해봤을 것이다. 상대방을 위해서라면 무슨 일이든 할 수 있고, 어떤 힘든 일도 이겨낼 수 있는 에너지가 생긴다.

나에게는 받는 사랑보다 주는 사랑이 더 큰 행복이다. 엄마가 되니 아이를 위해서는 내가 가진 모든 것을 다 주어도 아깝지 않고, 무엇이든 해주고 싶다. 틈만 나면 아이와 시간을 보내며 사랑을 표현하려고 한다. 아이의 웃는 얼굴을 한 번 더 보고 싶다는 마음이 삶의 원동력이다.

단순히 나 혼자만 존재하는 삶에서는 내 최대 역량의 50퍼센트만 사용하며 안주하며 살았을지도 모른다. 하지만 내 모든 것을 바쳐 사랑하는 사람이 생기고 나니 어떤 어려움도 이겨낼 수 있는 용기가 생겼다. 시련을 만나 넘어져도 일어설 수 있는 힘이 되었다.

이런 사랑은 꼭 부모가 되어야만 느낄 수 있는 건 아니다. 연인이나 부부 관계에서 서로를 채워줄 수도 있고, 마음이 맞는 친구들과 함께하며 삶을 풍요롭게 만들어갈 수도 있다.

미국의 기업인 드루 휴스턴은 MIT의 졸업식 축사에서 "현재 자신이 어울리고 있는 사람 다섯 명의 평균값이 자신의 미래 모습"이라고 말했다. '삼밭 속의 쑥'이라는 뜻을 가진 사자성어 '마중지봉(麻中之蓬)'은 선한 사람과 어울리면 자신도 그 영향을 받아 자연스럽게 선해지는 것을 일컫는다. 좋은 사람들을 곁에 두었을 때 내 인생도 발전할 수 있는 것은 전 세계 공통이다.

나 또한 앞에서 말한 특징을 가진 사람들과 관계를 맺으며 다른 사람들에게 긍정적인 영향을 미치는 사람이 되고 싶다. 좋은 친구이자 조력자에서 나아가 동기부여가 되는 사람이나 무엇이든 들어줄 수 있는 사람, 롤 모델까지 된다면 더할 나위 없겠다. 오늘도 곁에 있는 좋은 사람들에게 감사하며 더 나은 내가 되어야겠다고 다짐해 본다.

행복한 기버로 살기 위해서

심리학자 애덤 그랜트는 사람을 세 가지 성향으로 나눌 수 있다고 말한다. 받은 만큼 주고 준 만큼 돌려받으려는 성향의 '매처(matcher)'. 돌려받을 생각 없이 퍼주는 성향의 '기버(giver)'. 그리고 다른 사람에게 준 것보다 더 많이 받으려는 성향의 '테이커(taker)'. 이 분류를 기준으로 소득 수준을 살펴보면 가장 하층에는 기버가 있다고 한다. 기버는 자신이 가진 것보다 더 많이 퍼주려고 하기에 당연한 것처럼 보인다. 하지만 내가 흥미롭다고 생각한 부분은, 소득 수준의 최상위층에도 기버가 있다는 사실이었다.

같은 기버지만 둘의 차이는 명확하다. 하층에 있는 기버는 테이커에게 많은 부분을 주었지만, 자신의 권리나 이익은 챙기지 못했다. 성공한 기버는 테이커를 잘 가려내 매처와 기버만 남은 관계에서 삶을 발전시킬 수 있었다.

나는 기버 성향이 강하다. 누구에게나 먼저 베풀고 받은 것보다 더 많이 돌려주는 편이다. 상대가 어떤 사람이건 내가 먼저 더 많이 주는 사람이 되고 싶다. 내가 베푼 모든 것은 어떤 형태로든 돌아온다고, 내가 뿌린 씨앗이 결국엔 꽃을 피운다고 생각하니까.

하지만 이런 생각은 세상에 기버나 매처만 존재해야 실현할 수 있다. 테이커를 만나면 손해를 보게 되어 있다. 그래서 '착하게 살면 손해 본다'는 말이 생겼는지도 모르겠다. 하지만 사실 기버로 살아서 그렇다기보다, 테이커를 알아보지 못하고 아무에게나 베풀었기 때문에 손해를 보는 게 아닐까.

나 또한 종종 테이커를 만나 상처받는다. 최근에는 업무를 위해 만난 사람에게 마음을 쓰고 호의를 베푼 적이 있다. 이왕 함께 일할 거 나로서는 좋은 관계를 유지하고 싶었다. 하지만 시간이 흐를수록 상대방은 나의 친절한 태도를 당연하게 여기며 업무를 소홀히 하기 시작했다. 기버인 내 입장에서는 같이 일을 잘해보자는 의도에서 호의를 베푼 것이었지만, 그는 테이커 성향을 가지고 있었기에 자신이 가져갈 이익만을 우선시했다.

이런 일들이 반복될 때마다 안목의 중요성을 실감한다. 마음껏 기버로 살기 위해서는 나를 힘들게 하는 테이커를 구분할 줄 알아야 한다.

물론 세상은 아름답고 좋은 사람들로 넘쳐난다. 그래

서 기버로 살 때가 더 행복하다. 나만 그런 것이 아니라 사람들 대부분이 마찬가지고 과학적으로도 증명되었다. 브라질의 인지신경과학자 호르헤 몰의 연구에 따르면, 자신의 몫으로 돈을 챙길 때보다 다른 사람을 위해 사용할 때, 피험자들의 중변연계가 더 크게 활성화되었다고 한다. 중변연계는 즐거움이나 쾌락을 느낄 때 자극되는 뇌의 한 부분이다. 그렇다면 스스로 맛있는 음식을 먹고 행복해지는 것보다 다른 사람을 위해 하는 기부가 우리에게 훨씬 더 즐거울 수 있다는 뜻이 된다. **즉, 인간의 뇌는 내가 아닌 다른 사람을 위한 행동을 할 때 훨씬 더 행복해지도록 설계되어 있다는 것이다.** 그래서 많은 사람이 남에게 도움을 주고 기부하고 봉사하고 선물하는지도 모르겠다.

나도 나의 행복을 위해 기버로 살고 싶다. 맛있는 것을 먹으면 지인들과 나누고, 좋은 것을 알게 되면 주변 모두에게 알려주며, 어려운 사람들을 위해 기부도 하고 가까운 사람들에게 선물도 하는 행복을 만끽하며 살고 싶다.

이 모든 것은 테이커를 구분하고 그와 거리를 둘 수 있을 때 가능하다. 무조건적인 선의를 베풀기 전에 상대 방과의 관계에서 어디까지 감당할 수 있는지 차분하게 생각하자. 만약 내가 줄 수 있는 것보다 더 많은 것을 요구하는 테이커를 만난 경우에는 이를 감수하면서까지 관계를 유지해야 하는지 냉정하게 판단해 보자. 처음부터 기버의 성향을 드러내는 대신 상처받지 않도록 스스로 최소한의 기준을 마련하는 것이다.

이 과정을 거친다면 테이커에서 벗어나 나에게 좋은 선택을 하는 기버가 될 수 있다. 그러다 보면 자연스럽게 나에게 더 집중하고, 내가 무엇을 원하는지 정확히 알게 된다. 나에게도 좋은 사람이면서 다른 사람에게 베푸는 기버가 된다면 더할 나위 없이 기쁠 것이다.

아낌없이 나를 키우는 양육자

나의 인생은 아이를 낳기 전과 후로 나뉜다. 딸의 입장에만 서 있었을 때는 내가 어른이 되기까지 얼마나 많은 사랑과 보살핌을 받았는지 알 수 없었다. 아이를 낳고 나서야 양육자의 마음을 이해하게 되었다. 나 하나만 건사하면 되는 삶에서 갑자기 누군가의 모든 부분을 책임지고 키워나가야 하는 인생으로 180도 바뀌었다. 24시간을 온전히 아이를 위해 쓰는 날도 있었고, 아이에게 작은 생채기 하나만 나도 가슴이 찢어질 듯 아프고 눈물이 났다.

내가 하고 싶은 것보다 아이에게 더 좋은 것을 선택하는 일이 많아졌다.

세상 모든 엄마가 그렇듯 나 또한 아이를 무조건적으로 사랑한다. 아이가 항상 행복하길 바란다. 또 아프지 않고 건강했으면 좋겠고 많이 웃기를 바란다. 그래서 나름의 열과 성을 다해서 엄마 역할을 하려고 노력한다. 아무리 바빠도 아이를 위해 꼭 시간을 내고, 내가 가고 싶은 여행지보다 아이가 좋아할 만한 여행지를 찾고, 아이가 좋아하는 음식부터 생각한다.

그러다 문득 이런 생각이 들었다.
'아이를 위해서라면 이렇게 온 마음과 정성을 다 쏟는데, 정작 나를 위해서는 어떤 노력을 하고 있을까?'

엄마가 된 뒤로는 내 희생이 당연했다. 아이를 먼저 챙기고 나면 다른 가족들도 챙겨야 하니 나 자신을 소홀히 대했다. 아이가 조금이라도 아프면 때와 장소를 가릴 것 없이 병원부터 데리고 갔지만, 정작 내가 아플 때는 병원 갈 시간이 아까워서 참고 육아나 일을 했다. 아이의 끼니는 제때제때 챙기면서, 내 끼니는 거르거나 주방 싱크대에서 허겁지겁 먹은 날들이 허다했다.

책임감과 모성애라는 막대한 짐을 짊어진 채 스스로를 온전히 돌보지 못하고 있었다. 가족과 나를 아껴주는 사람들이 곁에 있어도 결국 나만큼 나 자신을 잘 알고 보듬어 줄 수 있는 사람은 없다. 나는 아낌없이 나를 키우는 양육자가 되어주겠다고 결심했다. 나라는 아이를 키우는 것처럼, 스스로에게 양육자가 되어주기로 말이다.

곧바로 내가 무엇을 좋아하는지 살폈다. 내가 어떤 상황에서 기분이 안 좋고 힘든지 확인했다. 아이에게 매일 책을 읽어주듯이 나에게도 책을 쥐어주었다. 걱정되거나 긴장될 때는 늘 괜찮다고 다독여주었다. 하고 싶은 일이 생기면 무조건적으로 지지해 주며 마음을 다잡아주었다. 또 나에게 사랑한다고 끊임없이 말했고, 이 세상에 태어난 것만으로도 아무 이유 없이 사랑받아야 한다고 매일 속삭여주었다.

막연히 나를 아껴주자고 생각할 때와는 조금 달랐다. 내가 나를 키운다고 생각하니 아이를 키우는 것처럼 나에게도 좋은 것과 행복한 것만 주고 싶은 마음이 들었다. 나를 좀 더 신경 쓰고 배려하려 노력하게 되었다.

우리는 종종 남보다 나에게 더 야박하게 군다. 높은 잣대를 들이밀며 작은 실수조차 용납하지 않는다. 하지만 내 인생에서 가장 귀하게 대접해야 할 사람은 바로 나 자신이다. 내가 나를 귀하게 여기기 시작하니 평상시 행동에서도 자연스럽게 티가 났고, 주변 사람들도 나를 대하는 태도가 달라졌다. **내가 나를 아끼는데 어떻게 남이 나를 함부로 대할 수 있을까.**

오늘도 나는 내 기분을 살피고 내가 하는 모든 일을 응원한다. 만점짜리 엄마는 될 수 없다는 것을 잘 알고 있기에, 나 스스로를 양육하는 사람으로서도 당연히 부족한 면이 있을 것이다. 그래도 아낌없이 나를 키우는 사람이 되고 싶다. 우리는 모두 각자만의 양육자가 되어야 한다.

행복은 생각보다 가까운 곳에

주변을 둘러보면 유독 행복해 보이는 사람들이 있다. 그 사람들은 어떻게 그렇게 행복하게 지낼 수 있는 것일까? 대단히 큰 부를 누리고 있어서? 아니면 엄청나게 운이 좋아서? 거창한 이유가 있기보다는 일상에서 본인만의 작은 행복을 마주하는 경우가 더 많을 것이다.

누군가는 로또 1등이 되면, 원하던 회사에 취직하면, 내 집 마련의 꿈을 이루거나 좋은 차를 타게 되면 한 번에 행복해질 거라고 믿는다. 물론 그 순간에는 온 세상에 자랑하고 싶을 만큼 행복할 것이다. 그런데 그 행복이 1년, 아니 한 달 동안 지속될 수 있을까? 일주일만 지나도 행복했던 순간의 기운은 어느샌가 사그라들기 마련이다. 삶은 금세 다른 일상과 사건으로 계속 채워지니까.

열흘에 한 번씩 굉장히 비싸고 좋은 음식을 배 터지게 한 끼 먹는다고 해서 열흘 동안 배부름과 만족감을 유지할 수는 없다. 한번 커다란 행복을 마주했다고 해서 그 행복이 곁에 영원히 머물지 않는다. **배고픔을 달래기 위해선 끼니에 맞춰 밥을 챙겨 먹어야 하듯 행복도 틈틈이 챙겨야 한다.** 그래서 나 또한 의식적으로 행복한 순간을 만들어가고자 노력하는데, 일상 속에 행복을 심어놓는 방법을 몇 가지 소개한다.

첫 번째로는 사랑하는 사람들과의 여행을 계획한다. 떠나기 전에는 설렘을 느끼고, 떠나서는 여행을 만끽하고, 다녀와서는 지난 여행을 추억하며 즐거웠던 감정을 오래 간직한다. 그리고 다시 다음 여행을 계획하며 기다림을 즐긴다. 이 모든 과정은 빡빡한 일상을 견딜 수 있는 힘이 된다.

나는 아이와 여행을 자주 떠나는 편이다. 아이가 아무리 어려도 함께 여행을 가면 그때만 느낄 수 있는 좋은 경험과 감정이 꼭 있다. 두세 달 전부터 아이가 좋아할 만한 체험이나 구경거리, 장소를 먼저 알아보거나 가보고 싶었던 맛집이나 디저트 가게를 선정하는 재미도 쏠쏠하다.

두 번째로는 좋아하는 사람들과 만나 함께 식사할 약속을 미리 잡아둔다. 일주일 전, 혹은 한 달 전부터 단골집이나 가보고 싶었던 맛집을 찾고 이야기하는 것이다. 즉흥적으로 이뤄지는 만남도 즐겁고 좋지만, 일찌감치 약속을 잡아놓으면 학창 시절 소풍날을 기다렸던 것처럼 그날만을 손꼽아 기다리며 행복해할 수 있다.

이번 주는 눈코 뜰 새 없이 바쁘지만 다음 주에 좋아하는 친구를 만나는 약속을 잡았다고 가정해 보자. 제일 좋아하는 식당에서 함께 깔깔 웃으며 입에서 살살 녹는 고기를 먹을 생각만 해도 나는 벌써 마음이 따뜻하고 행복해진다. 그리고 그날을 기다리며 뭐든지 할 수 있는 의욕도 생긴다. 이렇듯 약속을 기다리는 설렘이 내겐 곧 행복이나 마찬가지기에 한 달에 두세 번 정도는 약속을 미리 잡아둔다. 물론 당일이 제일 행복한 것은 말할 것도 없다.

마지막으로는 온 가족이 함께 모여서 맛있는 음식을 나누어 먹는다. 엄마와는 차로 10분 거리에 살고 있지만 아무래도 각자 일정이 있다 보니 매일 만나기는 어렵다. 그래서 주말이든 평일이든 같이 밥 먹는 날을 미리 정한다. 그렇게 시간을 내어 식탁에 다 같이 모여 앉으면 함께하는 식사가 더욱 소중하게 느껴진다.

이렇게 모아놓고 보니, 내가 행복할 수 있는 비결은

바로 사랑하는 사람들과 좋은 시간을 보내며 맛있는 음식을 나눠 먹는 기회를 자주 만드는 것이다.

연세대학교 심리학과 서은국 교수님은 『행복의 기원』에서 인간은 좋아하는 사람과 함께 음식을 나누어 먹을 때 가장 행복을 느낀다고 말했다. 생존과 번식을 위해서는 음식과 사람이 절대적으로 중요하기 때문에 인간의 뇌는 그 두 가지를 통해 행복을 느끼도록 설계되어 있다는 것이다.

내가 행복을 느끼는 방법이 과학적으로도 증명된 사실이라면, 앞으로도 사람들을 만나 음식을 나누는 일을 멈추지 않으려 한다. 어쩌면 멀리서 본 나의 인생은 '사랑하는 사람들과 맛있는 음식을 나눠 먹는 순간의 모음집'일지도 모르겠다. 이렇게 소소한 행복으로 인생을 물들인다면 죽기 직전에 되돌아본 내 인생은 온갖 빛깔로 빛나고 있지 않을까.

3
march

sun	mon	tue	wed	thu	fri	sat
			1	2	3	4
5	6	7	8	9	10	11
12	13	14	15	16	17	18
19	20	21	22	23	24	25
	27	28	29	30	31	

친구들과
브런치 ♥

행복할 수 있는
가장 가깝고도 과학적인 방법!

PART 4

흔들릴지언정
열매를 맺으며

먼저 시도하는
사람이 될 것

좋아하는 일로 성공하고 싶다면

영상 콘텐츠를 만드는 직업을 가지고 있어서 그런지, 화려하고 재미있는 영상을 보면 어떻게 만들었길래 이렇게 잘 만들었나 부러울 때가 많다. 다른 일과 마찬가지로 영상 편집도 좋아하는 마음이 있어야 실력이 늘고 계속할 수 있다. 종일 컴퓨터와 씨름하며 편집하는 일이 너무 지겹고 싫다면 꾸준히 할 수 없을 테니까.

나는 어렸을 때부터 '잘하고, 좋아하는 일'을 끊임없

이 찾아 헤맸다. 기왕이면 잘하고 좋아하는 일을 직업으로 삼고 싶었다. 20대에는 웨이트 트레이닝과 운동을 좋아해서 잠시 피트니스 선수와 헬스 트레이너로 일했다. 좋아하는 일로 하루 일정을 채울 수 있다면 정말 행복할 것 같았다. 하지만 무대에 오르기 위해 준비하는 과정이나 심사 기준에 맞는 몸을 만드는 운동과 음식 관리는 큰 스트레스로 다가왔다. 그나마 운동을 좋아했기에 마지막까지 최선을 다할 수 있었지, 그렇지 않았다면 진작에 포기해 버렸을 것이다.

어떻게 하면 좋아하는 일로 성공할 수 있을까?

어떤 분야든 상위 1퍼센트에 든다면 성공했다고 말할 수 있지만, 이는 결코 쉬운 일이 아니다. 팀 페리스는 자신의 책 『타이탄의 도구들』에서 상위 1퍼센트가 아닌 평범한 사람도 얼마든지 성공할 수 있는 방법을 알려준다. 바로 상위 25퍼센트의 기술 여러 개를 다양하게 조합하는 것이다. 나는 열심히 노력한다면, 팀 페리스의 말처럼 상위 25퍼센트 안에는 충분히 들 수 있다고 믿는다.

　　나의 경우를 예로 들어보자. 첫째, 나는 영상 편집을 할 줄 안다. 세상에는 영상 편집 프로그램을 다룰 줄 모르는 사람이 훨씬 더 많을 테니, 나 정도면 상위 25퍼센트 안에 들 수 있지 않을까? 둘째, 말을 차분하게 잘하는 편이다. 책을 가까이하고 유익한 강의를 챙겨 듣는 습관 덕분이다. 셋째, 맛있는 음식에 대한 열정은 둘째가라면 서럽다. 새로 나왔거나 잘 알려지지 않은 디저트를 찾아 내 맛보는 걸 좋아하니 음식에 대한 관심만큼은 상위 25퍼센트 안에 무조건 들 거라고 자부한다. 마지막으로, 다른 사람들에게 필요한 정보를 글로 쉽게 잘 풀어낸다.

　　이렇게 상위 25퍼센트 안에 드는 기술 몇 가지가 모여 「여수언니 정혜영」 유튜브 채널이 탄생했다. 내 채널에서 나는 좋아하는 음식을 맛있게 먹고 소개하며 구독자에게 하고 싶은 이야기를 편안하게 전하고 있다. 상위 1퍼센트의 특별한 능력을 갖춘 건 아니었지만, 그래도

25퍼센트에 든다고 생각할 만한 기술과 능력들을 결합하니 시너지를 낼 수 있었다.

이때 나는 한 가지가 더 필요하다고 생각한다. 바로 행복이다. 내가 좋아하는 이 일이 다른 사람에게 행복을 줄 수 있어야 한다. 사람들은 행복을 얻으려 기꺼이 그에 합당한 시간과 비용을 지불한다. 맛있는 음식, 편안한 여행, 좋아하는 가수의 콘서트, 생활의 편리를 돕는 편의 서비스 모두 행복에 가까워지기 위해 돈을 지불하는 것들이다. 내가 좋아하는 일이 다른 사람들에게 행복을 줄 수 있는지 생각해 보아야 할 이유다.

방송 프로그램 「신박한 정리」에 출연했던 공간 크리에이터 이지영 대표님은 본인이 잘하고 좋아하는 정리정돈을 통해 사람들에게 행복을 선물하고, 이를 사업화해 성공한 사람이다. 정리정돈이 처음부터 큰 사업이 된 것은 아니었다고 한다. 시작은 인터넷 카페를 통해서였다. 사연을 올려주면 다섯 명을 뽑아 정리정돈을 무료로 해주겠다고 했는데, 첫 고객은 식사를 대접해 주었다. 이후에 만난 고객 네 명도 모두 한사코 돈을 쥐어주었다고 한다. 아마 그들은 삶의 불필요한 부분이 정리되면서 행복을 느꼈기 때문에 대가를 지불하려 했을 것이다.

무엇보다 내가 좋아하는 일이 다른 사람의 행복에 기여할 때 일에 대한 만족감이 올라가고 목적의식이 뚜렷해진다. 나에게는 구독자들이 수많은 디엠과 댓글, 메일을 보내준다. 행복하게 만들어줘서 고맙다고. 이는 내가 일로 지치고 힘들 때마다 큰 힘이 되고 내가 왜 이 일을 하고 있는지에 대한 답이 되어준다.

좋아하는 일로 성공하고 싶다면 두 가지를 떠올리자. 그 일을 할 수 있는 두 가지 이상의 기술을 상위 25퍼센트 안에 들도록 개발하고 있는지. 그리고 내가 좋아하는 일로 사람들을 행복하게 해줄 수 있는지.

내 삶을 바꾸는 숫자의 법칙

나는 매일 새벽 5시 반에서 6시 사이에 일어나서 곧바로 운동을 한다. 지금은 이런 루틴이 몸에 완전히 익었지만, 처음부터 가능했던 것은 아니다. 아이가 지금보다 어렸을 때는 운동을 하려면 새벽 5시 전에는 일어나야 했다. 아직 동도 트지 않은 어두운 새벽, 모두가 쿨쿨 자고 있을 때 나만의 시간을 만들기 위해 달콤한 잠의 유혹을 뿌리치는 것은 상당히 어려운 일이었다. 10분만 더 자고 싶어서 알람을 끄는 순간, 그 10분은 30분이 됐다가 한 시간이 되고는 했다.

알람을 끄고 뭉그적거리다 다시 잠들어 버리는 습관을 버리는 데 멜 로빈스의 '5초의 법칙'이 도움이 되었다. **할 일이 있으면 5초를 거꾸로 센 뒤 망설이지 말고 바로 실행하는 것이다.** 어떻게든 할 일을 미루는 핑곗거리를 만들기 전에 몸부터 움직이라는 조언이다.

다음 날 눈을 뜨자마자 '5, 4, 3, 2, 1!' 하고 숫자를 센 뒤 바로 몸을 일으켜 봤다. 의외로 벌떡 일어날 수 있었다. 이 과정이 반복될수록 기상 습관이 자연스럽게 몸에 익었고, 아침 운동 약속을 지킬 수 있는 날도 늘어났다. 지금은 운동으로 하루를 시작하는 게 일상이 되었다.

늑장을 부리고 싶을 때나 할 일을 미루고 있을 때도 5초의 법칙을 활용한다. 일할 시간이 되면 마음속으로 숫자를 센다.

5, 4, 3, 2, 1!

5초가 끝나자마자 몸을 일으켜서 책상 앞에 앉아 일할 준비를 마치면 성공이다. 포인트는 숫자를 센 뒤, 다른 생각이 비집고 들어올 틈 없이 바로 몸을 움직이는 것이다. 의지만으로는 뭔가를 시작하기 어려울 때 가장 큰 효과를 본 방법이다.

숫자를 사용해 내 삶을 바꾼 방법이 또 있다. **무슨 일을 하더라도 55분 동안만 집중해서 하는 것이다.** 타이머의 알림을 55분마다 맞춰두고, 알림이 울리면 바를 정 (正) 자를 한 획씩 긋는다. 하루에 몇 시간이나 일하는지 직관적으로 확인할 수 있으니 효율적으로 시간 관리를 할 수 있고, 딱 55분만 집중하면 되니 도중에 싫증이 나도 일단 꾹 참고 하게 된다.

55분이 끝나면 신전 운동을 하며 잠시 휴식을 취한다. 한번 집중하면 계속 같은 자세로 앉아 있게 되니 몸이 뻣뻣해지고 굳기 마련이다. 그렇지만 55분마다 신전 운동을 해주는 것만으로도 컨디션을 향상할 수 있다. 한

참 고된 육아를 할 때 허리 디스크가 터졌는데, 통증이 심해 신경차단술까지 받아야 했다. 일과 병행하며 재활 운동을 하려니 어려움이 많았지만, 잊지 않고 매시간 한 번씩 신전 운동을 한 덕분에 다행히 허리 통증이 많이 나았다. 55분 타이머는 그만큼 내 일상에서 빠져서는 안 되는 존재다.

긴 호흡으로 해야 하는 일은 55분을 맞춰서 하지만, **집중이 잘 안 되거나 하기 싫은 일은 딱 10분 동안만 한다.** 한 번에 30분 동안 독서를 하려고 하면 마음만큼 집중이 잘 되지 않는 경우가 많다. 하지만 10분 타이머를 맞춰두고 세 번에 걸쳐서 책을 읽으면 그렇게 재미있을 수가 없다. 언제 10분이 지나갔나 싶을 정도로 더 읽고 싶어지기도 한다. 유산소 운동이 하기 싫은 새벽에도 일단 10분만 뛰자는 마음으로 시작하면 어느새 20분 넘게 뛰고 있기 마련이다.

'많이', '빨리', '최대한'처럼 뭉뚱그린 단어보다 5초,

55분, 10분과 같은 명확한 숫자로 기준을 세워서 행동하면 인생을 효율적으로 주도할 수 있다. 다소 단순하고 기계적으로 보일 수도 있지만, 이런 장치 덕분에 원하는 결과를 얻을 수 있다는 것을 이제는 잘 안다. 어차피 같은 시간을 똑같이 일하며 살아야 한다면, 숫자를 사용한 간단한 방법으로 더 좋은 결과를 얻어보자.

하기 싫은 일은
딱 10분 동안만 할 것!

인생의 주도권은 책상 정리에서

한때 책상 위에 모든 것을 올려놓고 지냈다. 물건을 파는 사람도 아니면서 각종 필기구, 수첩, 읽다 만 책들, 메모지, 클립, 하드디스크, SD카드 리더기, 노트북, 아이패드 등등…. 지금 당장 필요하지 않은 물건이라도 언젠가 쓸 일이 생길 거라 믿고 책상 위에 널브러뜨려 뒀다.

'언젠간 필요할 거야. 눈에 안 보이면 안 쓰게 돼.'
무엇이 지금 내게 중요하고 필요한 물건인지 딱 잘

라 구분하지 못했다.

새삼 가게 좌판 같은 내 책상이 눈에 들어왔다. 물건들을 하나하나 살펴보며 지금 당장 필요한지, 꼭 이 자리에 있어야 하는지 차분하게 따져봤다. 지난 2주 동안 사용하지 않았던 물건부터 정리하니 의외로 쉽게 결정을 내릴 수 있었다. 책상 위에는 오랫동안 쓰지 않은 물건이 더 많았다. 언젠가 입겠거니 하고 놔뒀지만 몇 년 동안 꺼내 입은 적 없는 옷장 속 옷처럼 말이다.

책상 위에 있던 물건은 자주 사용하면서도 중요한 물건, 자주 사용하지만 중요도는 떨어지는 물건, 용도에 따라서 한 번씩 쓰는 물건, 1년에 한두 번 쓸까 말까한 물건으로 나눌 수 있었다. 이렇게 우선순위에 따라 분류하고 정리하니 책상은 금세 깔끔해졌다.

매일 쓰지 않는 물건은 전부 서랍에 넣거나 옆에 있는 책장 쪽으로 옮겼다. 작은 바구니나 수납함에 종류별로 담아놓고 라벨지를 붙였다. 그 조그만 라벨지가 정리 정돈에 탁월한 도구였다. 지금은 온 집 안의 서랍이나 정리 바구니마다 라벨지로 이름을 적어놓고 분류하고 있다. 이렇게 하면 어떤 물건이 어디 들어 있는지 한눈에 알아볼 수 있어서 편리하다.

책상에 있던 물건을 내 의도에 따라 분류하면서 깨달은 바가 있다. **작고 사소한 것을 정리하고 물건의 중요도를 매기는 일은 인생의 우선순위를 결정하는 방식과도 연결되어 있다.**

예전에는 조급한 마음으로 매번 눈앞에 닥친 일부터 처리하기에 급급했는데, 지금은 책상을 정리하며 얻은 깨달음을 통해 해야 할 일을 급한 것과 중요한 것으로 차근차근 나눠서 실행한다. 인생의 주도권을 쥐게 된 것이다. 책상 정리뿐 아니라 다른 의사결정을 할 때도 내가 세운 기준에 맞춰서 스스로 결정을 내린다. 이 과정이 반복되면서 자신감과 자존감도 모두 높아졌다. 모두 책상을 정리하면서 생긴 변화다.

　매일 책상 앞에 앉기 전, 자신만의 기준에 따라 책상
을 정리하는 일부터 시작해 보자. 기분이 좋아지는 건 물
론이고, 어느새 의욕적으로 하루를 보내는 내 모습을 발
견하게 될 것이다.

작은 강박도 나와의 소중한 약속

누가 나에게 강요하지도 않았는데 하지 않으면 불안해져
서 꼭 해야만 하는 행동이 몇 가지 있다. 스스로도 피곤
하다고는 생각하지만, 나와의 약속이라고 생각하고 지키
고 있는 행동이다.

첫째로, 해야 할 일이 생기면 마치기 전까지 그 일에
대해 계속해서 생각한다. 덕분에 시작한 일을 끝까지 마
치는 편이다. 웬만해서는 할 일을 미루지 못한다. 어떻게

든 빨리 해내야 한다는 생각에 성급하게 판단하는 경우도 있어서 종종 큰 단점이 되기도 한다. 내 핸드폰 메모장은 늘 할 일 목록으로 빼곡하다.

둘째, 어떤 일을 하더라도 정해진 동선과 순서를 지켜야 마음이 편하다. 약간만 융통성을 발휘해도 숨통이 좀 트일 수 있을 텐데, 내가 생각한 순서대로 움직여야 속이 시원하다. 하다 못해 집을 청소할 때도 정해놓은 동선과 순서를 꼭 지키면서 한다. 영상 편집을 할 때 역시 시간이 좀 더 걸리더라도 나만의 순서에 맞춰 해나간다. 간단한 것부터 해치울 수도 있지만 정해진 순서대로만 하는 내 모습에 한숨이 나올 때도 있다.

셋째, 모든 일은 무조건 내 손으로 마무리한다. 누굴 못 믿어서가 아니다. 그냥 내 손으로 마쳐야 마음이 편하다. 이렇게나 스스로를 피곤하게 만드는 성격 덕분에 늘 일이 많다. 하다못해 누가 해놓은 설거지도 한 번 더 헹궈야 직성이 풀리고, 누군가 이미 청소기를 돌렸어도 내가 다시 돌리면서 바닥에 떨어진 머리카락이 없는지 샅샅이 살펴야 한다.

넷째, 잠들기 전에는 모든 물건이 원래 있던 자리로 돌아가 있어야 한다. 내일 일어나서 정리하는 건 없다. 항상 물건이 잘 정돈되어 있는지 확인한 뒤에 침대에 눕는다.

'나 왜 이렇게 피곤하게 사냐?'
수도 없이 나에게 물었다. 강박적인 습관은 무조건 버리고 고쳐야 한다는 생각에 스트레스를 받았다. 스스로도 피곤하다고 느끼니 정신 건강에도 좋지 않을 것 같았다.

하지만 어느 날 돌아보니 이런 작은 행동들이 게을렀던 나를 부지런한 사람으로 만들어놓았다. 처음부터 이렇게 되겠다고 정한 것이 아닌데도, 안 하면 불안한 것과 찜찜한 것들, 하고 나면 후회가 없는 것들을 차곡차곡

모으다 보니 어느새 이런 습관이 생긴 것이다.

그러고 보니 가왕 조용필도 한 인터뷰에서 강박적인 습관을 언급한 적이 있다. 그는 스스로 만족할 만한 무대를 펼칠 수 있을 때까지 연습을 쉬어서는 안 된다는 강박관념을 갖고 노래 연습에 매진한다고 한다. 가왕이라는 칭호는 역시 끊임없는 노력을 통해서만 얻을 수 있는 것이었다. 이처럼 목적이 있는 강박은 긍정적인 효과를 가져오기도 한다.

물론 일상생활에 지장을 줄 정도로 나 자신을 지나치게 압박한다면 고치는 게 좋다. 하지만 그저 스스로 정한 작은 규칙과 약속을 지키려고 노력하는 것뿐이니, 피곤하면서도 한편으로는 뿌듯하기도 하다. 강박적인 습관 덕분에 나는 해야 할 일을 잘해내는 책임감 있는 사람이 될 수 있었다. 일을 미루지 않고 부지런히 해낼 수 있게 되었고, 항상 정해진 순서에 맞춰서 행동하니 불필요한 에너지를 절약할 수 있게 되었다. 할 일을 깜박하거나 물건을 어디에 뒀는지 기억이 나지 않아서 찾아야 하는 경우도 거의 없다.

새삼 내가 대단하고 멋진 사람처럼 느껴졌다. **강박적인 습관 덕분에 약간의 피곤함을 지불한 대신 자존감과 자신감을 적립한 것이다.** 세상에서 가장 튼튼한 벽으로 쌓아 올린 건물처럼 굳건한 나의 자존감과 자신감은 일정 부분 이런 습관에서 비롯되었으니, 무작정 나쁘다고만 생각하지 않으려고 한다. 오늘도 조금 피곤하지만 나만의 습관을 잘 지킨 나에게 칭찬 한 마디를 건네본다.

작심삼일 없는 1월 1일

우리는 왜 12월 31일 밤 11시 59분 50초가 되면 카운트 다운을 시작할까? 1월 1일을 알리는 종소리를 기다리면서 10부터 1까지 설레는 마음으로 거꾸로 숫자를 센다. 그저 날짜가 하루 달라진 것뿐인데 새해가 되었다며 새로운 다짐을 하고 희망을 품는다. 무엇이든 마음먹은 대로 열심히 할 수 있을 것만 같은 기분이 든다.

　'올해는 꼭 운동을 시작해야지.'

'영어만큼은 무슨 일이 있어도 마스터하겠어.'

하지만 대부분의 계획은 1월이 채 끝나기도 전에 사그라들고 만다. 트레이너로 일할 때도 체감할 수 있었다. 새해 시즌이 되면 헬스장에 등록하러 오는 회원이 많았는데, 몇 주만 지나도 귀신같이 출석 회원 수가 줄어들었다. 얼굴 몇 번 못 본 회원들이 상당해서 늘 아쉬웠다.

그렇다면 어떻게 해야 계획을 잘 실천하고 원하는 것을 얻을 수 있을까? 자기계발 전문가 제임스 클리어는 『아주 작은 습관의 힘』이라는 책을 통해 목표를 달성하기 위해서는 구체적인 계획이 가장 중요하다고 강조한다. '나는 언제, 어디서, 어떤 행동을 할 것이다'라는 결심 자체가 더 적극적으로 확실하게 원하는 목표를 이룰 수 있는 방법이라는 것이다.

2001년, 영국 바스대학 심리학과의 세라 밀른은 248명을 세 그룹으로 나누어 2주 동안 운동하는 습관을 들이는 실험을 진행했다. 첫 번째 그룹은 특별한 제한 없이 얼마나 자주 운동하는지 추적조사만 받았다. 두 번째 그룹은 추적조사를 받으며 동시에 운동의 장점에 대한 교육을 수강했다. 세 번째 그룹은 두 번째 그룹과 마찬가지로 교육을 수강한 뒤, 다음 주에 언제 어디서 운동할지 구체적인 계획을 세워야 했다.

'나는 4월 30일 오전 7시에 동네 공원에서 최소 20분 동안 쉬지 않고 조깅할 것이다.'

첫 번째와 두 번째 그룹은 전체의 절반도 되지 않는 최대 38퍼센트의 사람들만이 일주일에 한 번 운동했다고 한다. 운동의 장점을 알고 동기부여가 되어도 실제로 사람들은 운동을 실천으로 옮기지 못했다. 그에 비해 세 번째 그룹에서는 91퍼센트의 사람들이 주 1회 운동을 해냈다. 구체적으로 계획을 짜기만 한 것뿐인데 실행률이 두 배 이상으로 높아졌다는 사실이 무척 놀라웠다.

생각해 보니 나 또한 아이를 낳은 이후로는 무언가를 시도하려면 항상 구체적으로 계획을 짜야만 했다. 이

전에는 내 삶만 스스로 양육하고 스케줄을 관리하면 되었지만 결혼한 뒤로는 가족들의 상황을, 아이가 태어난 후로는 아이들의 생활을 뒷받침해야 했다. 하루 24시간을 마음대로 쓸 수 없어서 항상 시간이 모자랐다. 그런 생활 속에서도 다짐한 것을 포기할 수는 없었기에 시간을 쪼개서 구체적으로 계획을 세웠다.

'운동은 어떻게든 매일 해야 하니, 새벽에 일어나서 하자. 그러면 몇 시에 일어나야 할까? 은채가 깨기 전에 모두 마쳐야 하니 5시 반에는 일어나야겠구나.'

바쁜 일상 속에서도 어떻게든 운동하기 위해 선택한 긴급 처방이었지만, 명확하게 시간 계획을 세워두니 새벽 운동을 지속할 수 있게 되었다. 한번 성공 사례를 겪고 나니 지금도 어떤 목표를 이루거나 습관을 들이려고 할 때는 무조건 구체적인 계획을 세운다. 그렇게 하자 어느새 나는 목표한 것의 90퍼센트는 이뤄내는 사람이 되었다. 48시간 동안 깨지 않고 잘 정도로 잠이 많아 게으르다는 소리를 듣던 내가 이제는 '너는 태생이 부지런해'

라는 소리까지 듣게 되었다. 모두 구체적으로 계획을 짜는 습관 덕분이다.

목표를 이루고 싶다면 평소보다 구체적으로 세밀하게 계획을 짜보자.

'저 사람은 부지런하니까 가능하지.'

'저 사람은 나랑 다르니까 해낸 거야.'

이런 생각은 금물이다. 작은 계획과 습관이 모여서 삶의 형태가 만들어진다. 그렇기에 우리의 매일을 구체적인 계획으로 채운다면 더 많은 목표를 이루고, 좋은 습관도 몸에 익힐 수 있을 것이다.

시작하지 못해서 하는 실패

예전에 나는 걱정과 두려움이 많았다. 내 힘으로 통제할 수 없는 상황에 놓이고 싶지 않아 해결책 없는 문제에 직면하는 것을 싫어했다. 그러다 보니 뭔가를 하기 전에는 늘 계획이 필요했다. 완벽한 방법, 완벽한 계획, 완벽한 준비물이 갖춰지기 전에는 끝없이 고민하며 선뜻 시작하지 못했다. 기왕 할 거면 흠 없이 하고 싶었다. 대비책도 여러 개를 세워놓아야 마음이 편했다. 하나라도 모자라면 아예 시작조차 하지 않으려 했다.

이런 성격이 때로는 도움이 된다. 대비책을 마련해 두었으니 예상하지 못한 문제가 생겼을 때 의연하게 대처할 수 있기 때문이다. 하지만 무언가를 새로 시작할 때는 이런 성향이 대단히 큰 걸림돌이 되었다. 완벽한 계획을 세우고, 필요한 것을 준비하고, 할 수 있다는 자신감이 생겨야만 일을 시작할 수 있으니까.

'에이, 이건 준비가 아직 덜 됐어.'

'이걸 내가 해낼 수 있을까?'

새롭게 하고 싶은 일이나 아이디어가 떠올라도 나에게 질문부터 던졌다. 그렇게 아무것도 시도하지 못하는 날들이 이어졌다.

그러다 꿈을 이룬 사람들, 성공한 사람들, 경제적 자유를 얻은 사람들의 인터뷰와 저서를 읽었다. 그들도 나와 같이 평범한 사람이었다. 특별한 초능력이 있는 것도 아니었다. **대신 그들이 나와 달랐던 점은 아이디어가 떠오르거나 해야 할 일이 생기면 일단 뭐든 시도해 봤다는**

것. 단지 그것뿐이었다. 그들은 입을 모아 이야기했다.
**100명이 답을 알고 있어도 결국 실천하는 1명이 꿈을 이
루는 거라고.**

캐나다의 강연자 톰 우젝이 세계적으로 알린 실험
중에 '마시멜로 챌린지'가 있다. 네 사람이 한 조가 되어
스파게티 면과 실, 테이프를 이용해 18분 안에 탑을 최대
한 높게 쌓고 맨 위에 마시멜로를 꽂는 게임이다. 대기업
세미나부터 유치원 레크리에이션까지 서로 다른 워크숍
에서 이 게임을 진행했는데, 결과는 놀라웠다. 대기업의
경영자나 변호사, MBA 학생들로 구성된 팀보다 유치원
생으로 구성된 팀이 훨씬 더 좋은 성적을 거둔 것이다.

왜 이런 결과가 나왔을까? 대부분의 사람들은 시작
하기 전에 먼저 계획을 세우거나 전략을 짜면서 제한된
시간을 많이 사용해 버렸다. 이에 반해 유치원생들은 먼
저 마시멜로를 맨 위에 올리고 그에 맞춰 탑을 쌓기 시작
했다. 그냥 쌓은 것이다. 도중에 탑이 무너지면 다시 쌓

았다. 일단 시도하고 실패를 반복하면서 아이들은 원하는 목표에 가까이 갈 수 있었다.

삶에 변화를 일으키기 위해서는 '하는 사람'과 '하지 않는 사람' 중 '하는 사람'이 되어야 한다. 프로와 아마추어도 여기서 차이가 난다. 아마추어는 핑계를 대고 뭐가 됐든 항상 고민하지만, 프로는 그럴 시간에 이미 하고 있다. 아마추어는 'A와 B가 하고 싶다. 둘 다 해낼 수 있을까?' 하고 고민하지만 프로는 A부터 하고 있다. 프로는 생각과 고민만 하는 사람이 아니다. 무엇이 되었든 일단 행동하는 사람이 프로다.

사람들은 실패를 두려워하지만, 가장 허무한 실패는 시작하지 못해서 하는 실패다. 나도 실패가 두려워 시도하지 못했다. 칭찬받지 못할까 봐, 시간을 날리기만 할까 봐 걱정부터 했다. 그러나 **삶은 실패와 성공으로 나뉘는 게 아니라 해냄과 배움으로 나뉜다.** 실패는 늘 나에게 배움을 준다. 실패의 끝에는 어제보다 더 많은 것을 알고 나아진 내가 있다.

잊지 말자. 세상은 딱 두 부류, 하는 사람과 하지 않는 사람으로만 나뉜다는 것을. 그리고 일단 뭔가를 시작하는 것만으로도 삶은 변화한다는 것을.

충전은 방전되기 전부터

처음으로 번아웃을 겪었을 때는 우울증이 다시 찾아온 줄 알았다. 의욕이 도무지 생기지 않았다. 좋아하는 디저트를 먹거나 운동을 하는 것조차 버겁게 느껴졌다. 아무것도 하고 싶지 않은 동시에 무기력한 나 자신이 원망스러웠다. 부정적인 생각이 머릿속을 가득 채웠고 하루종일 에너지가 바닥난 느낌이 지속되었다. 일도 육아도 모두 힘에 부쳤다.

번아웃이라는 단어가 사람들의 입에 자주 오르내리게 될 즈음, 그제야 내가 겪었던 것이 번아웃이었음을 알게 되었다. 핸드폰은 방전되기 전에 미리미리 충전기에 꽂아두면서도 정작 내 몸의 배터리가 소진되어 가고 있는 것은 눈치채지 못했다. 전원이 꺼지고 나서야 비로소 내가 번아웃이었다는 것을 알아차렸다.

이런 일이 한 해에 한 번은 반복되었다. 처음에는 어쩔 줄 모르고 계속 나를 다그치기만 하거나 의욕 없이 침대에 누워만 있었는데, 시간이 지나며 나를 채워줄 수 있는 방법을 하나씩 알아가게 되었다. 그중 효과가 좋았던 방법을 몇 가지 공유해 본다.

첫째, 외부의 자극을 차단하고 온전히 휴식한다.

너무 치열하게 살다 보니 잘 쉬지 못하는 사람들도 있다. 휴식은 게으름이나 멈춤이 아니다. 삶에 난 상처에 회복할 시간을 주는 요양이나 다름없다. 방전된 핸드폰을 충전기에 연결하면 전원이 켜질 때까지 잠시 기다려야 하는 것처럼, 나에게도 아무것도 하지 않고 휴식할 기회를 줘야 한다.

휴식하는 방법으로는 명상을 추천한다. 편안한 자세로 깊게 호흡만 해도 스트레스가 많이 줄어든다. 잔잔한 음악이나 자연의 소리를 곁들여도 좋다. 행복했던 기억을 떠올리거나 생각을 비워도 괜찮다. 번아웃이 오지 않았어도 스트레스를 관리할 수 있고, 마음을 차분하게 하는 데 도움이 되어서 나는 하루에 한 번씩은 꼭 명상을 하는 편이다.

둘째, 좋아하는 음식을 먹는다.
기왕이면 건강한 음식을 먹으면 더욱 도움이 되겠지만, 좋아하는 디저트 한두 가지를 먹어도 효과가 좋다. 나는 도넛이나 약과를 먹는 순간이면 빠르게 기운이 나면서 세상 누구보다 행복한 기분이 든다.

'진짜 행복 별거 없네.'

맛있는 디저트를 먹고 나면 늘 드는 생각이다. 이 방법을 언제든지 실현하기 위해 나는 특별한 '행복 냉동고'를 마련해 놓았다. 작은 냉동고 하나에 온전히 빵과 디저트만 담아두고 보관한다. 가끔은 그 안에 있는 디저트를 먹지 않고 바라보기만 해도 충전되는 느낌이 든다. 소중한 미니 냉동고. 나의 행복 버튼 중 하나다.

셋째, 메모지와 펜을 준비해서 빠르게 끝낼 수 있는 일을 적어본다.

손을 사용해서 직접 적으면 뇌를 더 활성화시킬 수 있고, 끝내고 난 후에 줄을 쫙 그으면 뭔가를 해냈다는 느낌이 바로 와닿아서 펜과 메모지를 이용하는 편이다. 핸드폰의 메모 기능을 활용하는 것도 좋다. 택배 정리하기, 분리수거하기, 설거지하기, 빨래 개기…. 거창한 일을 해야 성취감을 느낄 수 있는 것은 아니다. 간단하지만 금방할 수 있는 일부터 끝내면 결과가 바로 눈에 보이니, 무언가 해냈다는 감정들이 나를 조금씩 일으켜 세워줄 것이다. 아무것도 할 수 없는 기분이 들 때, 가벼운 일부터 해내는 것은 무기력에서 조금씩 벗어날 수 있는 좋은 방법 중 하나다.

마지막으로, 지금 내가 하고 있는 일을 돌아본다.

나는 일을 완수하며 얻는 성취감이 큰 사람이다. 게다가 어느 것 하나 소홀히 하지 못하는 성격이라 죽기 살기로 앞만 보고 달린 시절이 있었다. 실제로 일을 얼마나 할 수 있는지 가늠하지 못한 채, 의욕만 앞서서 할 수 있는 일이면 뭐든지 맡아서 하려고 했다. 그 몇 년 동안 건강이 많이 상하고 번아웃도 자주 마주하게 되었다.

최선을 다해서 좋은 결과를 얻는 것도 당연히 중요하다. 그러나 감당할 수 없을 정도로 넘치는 일을 처리하다가는 반드시 번아웃이 찾아온다. 내 능력은 어느 정도인지, 지금 하는 일은 나의 에너지를 얼마나 사용하고 있는지 곰곰이 돌아보자. 할 수 있는 것과 할 수 없는 것을 나누고, 할 수 있는 것에 집중하겠다는 마음을 갖는 것만으로도 조금씩 의욕이 생길 수 있다.

번아웃은 곧 우리가 지금까지 열심히 살았다는 증거다. 몸과 마음의 에너지가 소진되었다는 신호를 받았는데도 무시하고 스스로를 계속 몰아붙이면 더 큰 병으로 발전할 수 있다. 최선을 다하며 열정적으로 살다가도, 편하고 게으르게 푹 쉬는 날이 누구에게나 반드시 필요하다. 자기 자신에게 너그럽고 다정해지자. 1년 365일 내내 완벽할 필요는 없다. 번아웃이 오면 '오늘은 내 인생 중에 좀 편안하고 싶은 하루였구나' 하고 스스로를 잘 다독여주자. 그리고 무리했던 자신에게 꼭 충전기를 꽂아준 뒤 잠깐만 쉬어 가자. 스스로를 사랑할 줄 아는 사람에게는 불행이 찾아올 틈이 없다.

무리했던 나에게 충전기를 꽂고
잠깐 쉬어갈 시간을 주자.

잠보다 좋은 보약은 없다

우리 사회는 오랫동안 부지런하고 근면 성실한 것이 미덕이라고 생각해 왔다. 일도 열심히 하고, 공부도 열심히 하며 베짱이보다는 개미에 가까운 일상을 보낸다. 심지어는 놀러 가서조차 최선을 다해서 놀고 온다. 여행을 가서도 아침부터 저녁까지 빼곡하게 계획을 짜서 유명 맛집을 들르고 관광지를 다닌다.

'전 세계에서 가장 부지런한 한국인.'

이런 인식을 자랑스럽게 생각한 세월이 길다 보니, 필수적인 휴식도 인정하지 않는 분위기가 생겼다. 잠을 충분히 자는 사람을 게으르고 나태한 사람으로 낙인찍기도 한다. 다섯 시간 이상 잠을 자면 대학에 합격할 수 없다는 '사당오락'이라는 말도 당연한 듯 유행하기도 했으니까. 자동차 연료가 바닥이 나면 채워줘야 하듯 사람도 그날의 집중력과 에너지를 소진했으면 당연히 잠을 자야 하는데 말이다.

나 또한 예전에는 잠을 적게 자야 부지런한 사람이라고 생각했다. 학창 시절에는 자느라고 연락이 안 되어서 친구들이 집으로 찾아올 정도였지만, 성인이 되고부터는 자연스럽게 잠을 줄이고 빼곡한 생활계획표를 실행하며 살아왔다. 열여섯 시간 동안 일을 하고 세 시간 쯤 잠을 자다 피곤한 상태로 다음 날을 맞이한 적도 많다. 그런 날이면 꾸벅꾸벅 조는 나에게 스스로 '왜 이렇게 정신력이 약하냐!'며 다그치기도 했다.

특히 아이가 태어나고 첫 5년 동안은 하루에 다섯 시간 이상을 잔 적이 거의 없다. 육아와 일을 병행하다 보니 항상 시간에 쫓겼다. 하고 싶은 일을 하기 위해서 시간을 벌 수 있는 가장 손쉬운 방법은 자는 시간을 줄이는 것이었다. 허리 디스크에 문제가 생긴 것도, 면역력이 떨어져서 피부 알레르기가 생긴 것도, 턱관절 장애와 임파선염, 만성피로를 얻게 된 것도 바로 그때부터였다.

신체적인 증상뿐일까. 돌이켜보면 머리에 늘 먹구름이 낀 것처럼 흐릿한 판단력으로 살았다. 무기력감이나 번아웃은 친구처럼 자주 만났다. 모두 잠이 부족한 탓이었다.

사람마다 필요한 영양분의 양과 식사량이 다르듯이 필요한 수면의 양도 모두 다르다. 나의 경우, 여덟 시간은 자야 하루를 개운하고 상쾌하게 시작할 수 있다. 다만 새벽 운동을 하는 평일에는 11시 전에 잠들어서 5시 반에서 6시 사이에 일어나니, 밀린 잠을 주말에 몰아서 잔다. 일요일에는 알람을 맞추지 않고 눈이 저절로 떠질 때까지 자는 편이다. 그러면 다시 반복되는 일주일을 가볍게 시작할 수 있다.

잠잘 거 다 자고 어떻게 성공하냐고? **잠을 충분히 자야 컨디션이 최상으로 올라가기 때문에 24시간을 더 효율적으로 쓸 수 있다.** 신체적으로도 정신적으로도 훨씬 건강하게 지낼 수 있다.

'잠이 보약이다'라는 말, 나는 정말 처절하게 공감한다. **잠은 만병통치약이다. 잠은 제일 가성비 좋은 영양제이자 비타민제다. 잠은 가장 좋은 호르몬 조절제다.** 그러니 자는 시간을 아까워하지 말고 깊게 푹 자자.

언제쯤 진짜 어른이 될 수 있을까?

어렸을 때부터 '어른스럽다'는 말을 많이 듣고 자랐다. 엄마 혼자서 나와 남동생을 키우셨기에 엄마를 위해서라도 조숙해져야만 했다. 일 때문에 늘 바쁜 엄마를 대신해 남동생을 돌봤고, 웬만한 요리는 혼자서 뚝딱뚝딱 만들었다. 빨래며 청소 같은 집안일도 모두 내 차지였다. 방학이면 가족과 여행을 떠나는 친구들이 부러웠지만 내색하지 않으려 애썼다. 그렇게 혼자서 뭐든지 해내고 어른들의 사정을 헤아려 늘 괜찮다고 대답하는 장녀의 모습으로 학창 시절을 보냈다. 나이답지 않게 조숙한 태도 때문에 애늙은이라는 별명도 종종 붙었다.

그렇게 스무 살이 되었지만 나는 스스로 어른이 되었다는 생각이 전혀 들지 않았다. 어른이란 말은 한참 먼 이야기처럼 느껴졌다. 문득 사전에서는 어른을 어떻게 정의하고 있는지 궁금했다. 표준국어대사전에는 다음과 같이 쓰여 있었다.

"다 자란 사람. 또는 다 자라서 자기 일에 책임을 질 수 있는 사람"

20대의 나는 아직 부족한 부분도 많고 실수도 자주 하며 사전적인 정의대로 내 일에 책임까지 질 용기도 없었다. 그저 어른 흉내를 내는 '어른이'에 불과했던 것이다. 그렇다면 언제쯤 진짜 자기 일에 책임을 지는 어른이 될 수 있는 것일까?

첫째, 단단한 가치관을 가지고 있을 때.

사랑, 우정, 용기, 신뢰, 부, 명성, 행복, 성장, 아름다움, 사회적 지위, 독창성, 정의, 자유, 인기, 성취, 도전 정신, 봉사심, 기여, 유머, 배움, 책임감, 인정, 권위, 재미, 평화, 역량, 리더십, 평판…. 세상에는 수없이 많은 가치가 있다. 그만큼 특정 가치를 더 중요하게 여기는 가치관 또한 개인마다 다를 수밖에 없다.

가치관은 어느 날 갑자기 확립될 수 있는 것이 아니다. 세상과 삶을 이해하려 노력하고, 충분히 공부하고 고민할 때 형성된다. 어른이 된다는 것은, 자신만의 경험을 거쳐 확립된 단단한 가치관을 바탕으로 사고하고 의사결정을 한다는 것과 다름없다.

둘째, 스스로 기분을 잘 풀어줄 수 있을 때.

어른이 되어도 여전히 화도 나고 눈물도 나고, 주체할 수 없이 짜증이 나기도 한다. 어깨에 짊어진 짐 때문에 부정적인 감정을 더 많이 느낄 수도 있다. 그렇지만 어른이라면 자신의 감정을 조절할 수 있어야 한다.

한때 '기분이 태도가 되지 않게'라는 말을 마음에 새기고 다니던 때가 있었다. 감정에 휘둘리다 보면 잘못된 판단을 하거나 말실수를 해서 더 큰 문제를 일으키거나 후회할 일을 만들 수 있다. 어른이라면 기분이 태도가 되지 않도록 자신의 체력과 수면, 음식을 관리할 수 있어야 한다.

"운동해라."

"잠을 잘 자라."

"끼니 거르지 말고 밥 챙겨 먹어라."

누군가 잔소리하기 이전에 스스로 인지하고 관리하며 챙겨야 한다. 어쩌면 어른이 된다는 것은 '나 사용설명서'를 갖게 되는 일인지도 모른다. 진정한 어른이라면 자신이 어느 때 어떤 부분이 부족한지를 잘 알고, 정서적으로 달래기 위해서 무엇을 해야 하는지도 잘 알고 있을 테니까.

셋째, 시간의 소중함을 알고 있을 때.

세상이 아무리 불공평하다고 한들, 시간만큼은 모두에게 공평하게 주어진다. 어느 누구도 1초를 더 갖고 싶다고 해서 하루를 24시간 1초로 살 수 없다. 나이가 들수록 시간이 빠르다는 것을 더 실감하게 된다. 해야 할 일과 챙겨야 할 일이 늘어나면서 하루를 온전히 내 마음대로 쓰지 못해 시간이 얼마나 소중한지 깨닫는 날이 온다.

그렇기에 시간 관리를 잘하고 싶어서 새벽 4시 반에 일어나서 미라클 모닝을 실현하는 사람도 있고, 자투리 시간을 활용하려고 노력하는 사람도 있다. 시간은 금보다 더 귀중한 자산이다. '하루라도 더 빨리 시간의 소중함을 알았더라면…' 하고 아쉬워하는 순간, 우리는 이미 어른인지도 모른다.

넷째, 정신적 성장을 멈추지 않을 때.

신체는 20대가 되면 대부분의 성장이 멈추고, 그 이후부터는 점차 노화의 과정을 겪는다. 하지만 정신적인 성장은 나이와 상관이 없다. 마음먹기에 달려 있다. 생각하고 바라고 실행하고, 많은 경험과 실패를 거듭하며 한 단계씩 나아갈 때 성장할 수 있다. 특히 부끄럽거나 싫은 일, 힘든 일을 마주했을 때 도망치지 않고 묵묵히 받아들이며 책임감을 발휘한다면, 한층 더 성숙한 어른이 되었다고 볼 수 있지 않을까?

단단한 가치관을 바탕으로 성숙한 사고를 하고, 스스로를 정서적으로 돌보며 흐르는 시간을 허투루 보내지 않을 때 우리는 한 발짝 더 진정한 어른에 가까워질 것이다. 물론 진짜 어른으로 향하는 길은 생각보다 더 험난할 수 있다. 하지만 그렇다고 현명한 어른이 되는 일을 포기하지 말자. 앞으로 나아가지 않고 같은 자리에 영원히 멈추어 있기에는 우리는 너무나도 멋지고 소중한 존재다.

에필로그

서울에서 미팅을 마치고 돌아온 어느 날이었다. 나는 여섯 살 난 아이에게 이야기했다.

"은채야, 엄마가 책을 쓰면 어떨 거 같아?"

"엄마가? 책을? 너무 멋지지!"

출판사와 책을 내기로 계약한 뒤 글을 써나갈수록 과거를 되돌아보게 되었다. 과거의 나는 때로는 시련 앞에서 울고 있기도 했고, 누구보다 씩씩하게 걸어 나가고 있기도 했다. 좌절의 길목마다 서 있기도 했다. 그때마다 나는 나를 안아주었다. 이 앞에는 따뜻하게 빛나는 봄날이 기다리고 있다고, 어떤 일도 다 잘 이겨내 왔다고 스스로를 토닥였다.

그러던 며칠 뒤, 아이가 불쑥 말을 건넸다.
"엄마는 대단한 사람인 것 같아. 엄마는 책을 쓰는 사람이잖아!"

그 전까지는 나를 돌아보는 계기로 삼았던 글쓰기가, 아이의 한마디에 목적이 바뀌었다. 이 책을 아이에게 주는 선물로 만들고 싶어졌다. 아이가 어른이 되었을 때 이 책이 도움을 줄 수 있기를 바라게 되었다. 어려운 일이 몰려와도 좌절하는 대신, 이 책을 통해 스스로 자존감을 단단히 채우고 이겨낼 수 있으면 좋겠다.

더 나아가서는 나와 비슷한 길을 걸어가며 나를 응원해 주는 사람들에게 나의 이야기가 도움이 되었으면 한다. 누군가는 유튜브 영상으로 보이는 내 모습을 보고 완벽하고 틈이 없다고 이야기한다. 하지만 사실 나는 그렇지 않다. 실수도 눈물도, 부족한 점도 많다. 단지 나 자신이 행복하기를 바라며 나를 위한 것을 하나씩 이뤄가고 있을 뿐이다. 이런 내가 되기까지의 이야기를 책에 담았다.

인생이 왠지 꼬인 것 같고, 삶이 힘에 부친다고 느낄 때마다 이 책이 도움이 되면 좋겠다. '저 사람에게도 힘든 일이 있었구나. 내가 겪은 것과 비슷한 일도 있었네. 그런데도 지금은 잘 지내고 있구나' 하고 생각할 수 있었으면 좋겠다. 그리고 내 이야기에 나아갈 힘과 용기를 얻어서 행복한 삶에 가까이 다가갈 수 있다면 더할 나위 없이 좋겠다.

'힘내'라는 말이나 '파이팅'보다 '넌 충분히 잘하고 있어. 앞으로의 네 모습이 기대돼!'라는 말이 더 와닿는 날도 있다. 나는 이 책을 읽는 독자들에게 힘내라고 말하지 않으려 한다. 대신 우리는 모두 눈부신 봄날이라고 전하고 싶다. 정말 잘하고 있고, 스스로를 누구보다 더 사랑해 주라고 말해주고 싶다.

마지막으로 나의 봄날인 은채의 모든 날을 응원하고 사랑한다는 말을 남긴다.

나에게 봄날을 가져다줄 인생 문장들

인생에서 성공하는 비결 중 하나는 좋아하는 음식을 먹고 힘내서 맞서 싸우는 것이다.

– 마크 트웨인 (소설가)

비록 아무도 과거로 돌아가 새 출발을 할 순 없지만, 누구나 지금 시작해 새로운 결말을 만들 수 있다.

– 제임스 셔먼 (저술가)

지금 바로 실행되는 좋은 계획이 다음 주의 완벽한 계획보다 낫다.

– 조지 S. 패튼 (육군 대장)

단지 행복해지려면 쉽게 행복해질 수 있다. 그러나 우리는 다른 사람들보다 '더' 행복해지기를 바란다. 남들보다 행복해지는 것은 항상 어려운 일이다. 왜냐면 우리는 다른 사람들이 실제보다 더 행복하다고 믿기 때문이다.

– 몽테스키외 (철학자)

잘못된 점만 찾지 말고, 문제를 해결할 수 있는 방법을 찾아라.

– 헨리 포드 (기업인)

자신의 행복에 책임을 질 것. 그리고 그 행복을 다른 사람의 손에 맡기지 말 것.

– 로이 T. 베넷 (저술가)

완벽을 두려워하지 마라. 어차피 완벽하려고 해도 할 수 없을 테니까.

– 살바도르 달리 (예술가)

행복이 치유할 수 없는 것은 약으로도 치유할 수 없다.

– 가브리엘 가르시아 마르케스 (작가)

한 번도 실패하지 않은 사람은 새로운 도전을 한 번도 하지 않은 사람이다.

– 알베르트 아인슈타인 (과학자)

나의 봄날인 너에게

초판 1쇄 발행 2023년 4월 26일
초판 2쇄 발행 2023년 5월 9일

지은이 정혜영
펴낸이 김선식

경영총괄이사 김은영
콘텐츠사업본부장 임보윤
책임편집 채윤지 **책임마케터** 권오권
콘텐츠사업2팀장 김보람 **콘텐츠사업2팀** 박하빈, 이상화, 채윤지
편집관리팀 조세현, 백설희 **저작권팀** 한승빈, 이슬
마케팅본부장 권장규 **마케팅3팀** 권오권, 배한진
미디어홍보본부장 정명찬 **디자인파트** 김은지, 이소영 **유튜브파트** 송현석, 박장미
브랜드관리팀 안지혜, 오수미 **지식교양팀** 이수인, 염아라, 석찬미, 김혜원, 백지은
크리에이티브팀 임유나, 박지수, 변승주, 김화정 **뉴미디어팀** 김민정, 이지은, 홍수경, 서가을
재무관리팀 하미선, 윤이경, 김재경, 안혜선, 이보람
인사총무팀 강미숙, 김혜진, 지석배, 박예찬, 황종원
제작관리팀 이소현, 최완규, 이지우, 김소영, 김진경, 양지환
물류관리팀 김형기, 김선진, 한유현, 전태환, 전태연, 양문현, 최창우

펴낸곳 다산북스 **출판등록** 2005년 12월 23일 제313-2005-00277호
주소 경기도 파주시 회동길 490
대표전화 02-704-1724 **팩스** 02-703-2219 **이메일** dasanbooks@dasanbooks.com
홈페이지 www.dasanbooks.com **블로그** blog.naver.com/dasan_books
종이 아이피피 **인쇄** 북토리 **코팅 및 후가공** 평창피앤지 **제본** 다온바인텍
ISBN 979-11-306-9919-6 (03810)